この恋が君を殺すまで

高梨愉人

ポプラ文庫ピュアフル

JN122526

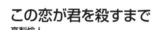

contents

第1章 私の恋は、いま走り始めた。

暇を持て余していた指先が、画面上に躍った見出しの文字に導かれ、滑る。

目を皿のようにして、ミュートのまま映像を再生する。

そのニュースは、つい先日起きた非日常的な出来事の記憶を呼び覚まして、私を動転させた。

『うちの子が電車で突然、泡吹いて倒れてしまって……。呼吸もなくてどうしようってパニックになってたら、高校生くらいの男の子が来てくれて、心臓マッサージとかいろいろして助けてくれたんです。でも救急隊員さんが来てくれたときには、いつのまにかいなくなっちゃってて……』

インタビューを受けているのは、三十代くらいの女性。その隣には、小さな五歳くらいの男の子。屈託のない笑顔でお母さんを見上げている。

〝お手柄男子高校生。名前名乗らず何処へ〟

画面左上のテロップにはそう書かれていた。

「それ、うちの学校の生徒らしいよ」

窓際の席でスマホの画面に釘付けになっていた私に、近くにいた女の子が、画面を覗き込みながら興味深そうに声を掛けてくる。すると、その声を聞いたクラスメートが集まってきて、私を中心に小さな人だかりができた。

「そうそう、先輩が言ってた」

「制服見た人から聞いた」

「お母さんの職場の人が居合わせたんだって」

口々に情報を寄せ合うが、どれも断片的で噂の域を出ない。

そして、核心に迫る問いかけが場を賑わせる。

「……誰だと思う？」

私は愛想笑いを浮かべる余裕すらなく、輪の中に浮かんでは消えていく候補者の名前を、ばつの悪い心地で聞いていた。

実は——私がその正体を知っているとしたら。

そして、彼が——ここに戻ってくるのを、今か今かと待っているとしたら。

ふと、斜め前方の誰もいない机に視線を移す。焦りと緊張感で、自《おの》ずと鼓動が速まる。

次の授業はもうすぐ始まる。

「あっ！」

教室の入り口から、女子の叫び声が聞こえてきた。見ると、外に出ようとして入れ違いに誰かとぶつかりそうになったらしい。

私の視線は、俯《うつむ》き加減で入ってきたぼさぼさ髪で目つきの悪い男子——手島孝士《てしまこうじ》に、釘付けになっていた。

女子の方は謝ろうと上目遣いに会釈をしたが、彼は彼女には一瞥《いちべつ》もくれず、つかつかと自分の机へと向かい、腰を下ろした。

「何あれ。感じ悪」

会話の輪の中にいる一人が、不機嫌そうに呟く。

「いつものことじゃん。あたしだって、こないだあいつが落としたシャーペン拾ってあげたのに、お礼のひとつも言われなかったんだよ。マジありえなくない？」

女子たちが同調してうなずく。陰口の標的は、そんな彼女たちなどどこ吹く風といった様子でイヤフォンを耳につけ、スマホをいじり始めた。

「そういえばさ、手島って中学時代にクラスで暴れて出席停止になったらしいよ」

「……マジで？」

「うん。同じ中学だった子から聞いた。あと、万引きの常習犯だったとか、動物いじめてたとか。とにかくやばいやつなんだって」

「え――」

傍で聞き耳を立てていた別の女子たちも思わず反応する。

私は内心焦るが、この空気を変えられない。悪い噂が潤滑油《じゅんかつゆ》みたいになって、クラス中に浸透していく。

「あいつだけは絶対ないよね」

誰かが言った。本人に聞こえるか聞こえないか、くらいの声量で。

私はどんな顔をしていいか分からず、輪の中心で俯いていた。まるで自分のことを言われたみたいに、胸が痛んでいるのを隠すように。

すると、目の前にいた女子が黒板の方に目をやりながら声を潜めた。

「あのさ……その高校生って、賢太郎《けんたろう》っぽくない？」

今度はみんなの視線が、黒板消しで板書を消している田島《たじま》賢太郎の背中に向く。不意に彼がこちらを振り返ると、「あ、やば。休み時間中にスマホいじってると賢太郎に怒られるよ」とみんなが耳打ちしてきた。

慌ててスマホをポケットにしまう。教壇の向こう側の田島賢太郎と、ぱちりと目が合った。

お洒落な眼鏡が印象的な彼は、身長が高く、足も長い。襟足は刈り上げていてさっぱりしているけど、前髪はちょっと長くて、レンズ越しに切れ長の目で、こちらを覗き込むように視線を向けてくる。

私の机を囲む女子たちの視線が、彼の動きに集まる。

緊張した空気を和ませるかのように彼が微笑む。手についた粉を軽く叩いて払い、優雅な所作で廊下側の自分の席へと戻っていった。

黙ったまま彼に見とれている女子。かたや、眉を顰めている子も。賢太郎に対しては、イケメンだって言う声もあるが、好みは分かれるらしい。

予鈴が鳴り響く。教室のあちこちに散っていたクラスメートたちが自分の席へと戻り、五限目の数学のテキストと問題集、ノートを机の上に準備する。

私の右斜め前――手島孝士は、まだイヤフォンを外さない。机の上には何も出ていない。

休み時間の余韻で、まだざわついている教室。みんなが授業という閉鎖された空間に入りつつあるなか、彼だけがまだ、違う世界に身を置いたまま。

一番前の席だし、もしかして、気づいていないのかもしれない。

そう思った私は、彼の背中に触れようと腰を浮かせる。手を伸ばせば、届く距離。そう意識すると、逆に躊躇《ちゅうちょ》した。

さっきの女子に対する態度を見るに、うっとうしがられるに違いない。ほとんど話したこともない、仲良くもない、彼にとって何者でもない私なんて。

中腰のままぎこちなく動きを止めていると、教室の扉が開き、授業道具を手にした先生が入ってきた。慌てて私は椅子に身を戻し、「はい、始めましょう」という先生の声を聞いた。

「起立」

号令当番が声を上げる。一斉に椅子を引いて立ち上がるクラスメートたち。

手島孝士は、立ち上がりながらイヤフォンを片手で雑に外し、ブレザーの内ポケットの中へと突っ込む。表情はずっと気だるげで、授業に対する意欲は感じられない。

「礼、着席」

生徒たちが座り、先生が黒板に向かって板書をし始める。

私は、やっぱり手島孝士の背中を見ていた。

一週間前の——通学の電車の中の光景を思い浮かべながら。

あの日——横川《よこがわ》駅のホームは、梅雨に入って三日連続の雨に濡れて、湿気と、石が発酵したみたいなあの独特の匂いが立ち込めていた。

いつもと同じ朝。いつもと同じ時間に、いつものように入線してきた宮島口《みやじまぐち》・岩国《いわくに》方面行きの電車に乗り込む。周囲には、通勤客が多い。優先席に腰を下ろすお年寄りとか、背の高い外国人もちらほら見かける。

私はドアに背中を預けると、朝の小テストに備え、ノートを鞄から取り出した。

決して優等生だから、ではない。いつもは周りの人たちと同じようにスマホを取り出して時間を潰している。だけど昨夜は寝落ちしてしまって、まるで勉強していないし、焦っていた。真面目ではないけど、悪目立ちはしたくない。ある意味健全なプレッシャーに追われ、私はいつもと同じ朝に、少しだけ違う行動をとって、空気が破裂したみたいなドアが閉まる大きな音と、電車が動き出すガコン、という揺れを感じた。

それから数分、私は静かに頭の中のノートにテストに出るであろう語句をタイピングしていった。

大事件が起きたのは間もなくだった。

「ゆうくん、ゆうくん」

会話の少ない朝の電車内で、母親が子供の名前を呼ぶ声が聞こえた。

私はノートに落としていた視線を上げ、周囲を見回す。同じ車両のボックス席のあたりで、幼稚園児くらいの男の子を胸に抱えた母親が、悲痛な声を上げている。

すぐに駆け寄って助けなきゃ——とノートを鞄にしまったが、既に近くにいた人が何人か心配そうに母親のもとに集まっており、「自分が行ったところで何ができるのか……」と二の足を踏んだ。

「車掌を呼べ」「誰か医者か、医療従事者はいないか」

母親の周囲にいる人は、青白い顔をしてぐったりしている子供を見てパニックになり、「誰か、誰か」と叫ぶばかり。母親の後ろにいる会社員らしき人は、ただ腕を組んで心配そうなまなざしを送るばかり。

どうしよう――。戸惑いが連鎖し、騒然とする車内。

次の駅に着くまでまだ数分はかかる。その間に子供の命は――。

すると、中年くらいの男性二人組が「そのボタンを押せ！」と電車内にあるボタンに駆け寄った。その瞬間――。

「押すな！　電車が止まる！」

車内に響き渡ったのは若い男性の声だった。

唖然とする周囲をよそに、見慣れた制服姿の男子が人波を掻き分け、母親のもとへ歩いていく。

私は目を丸くした。その男子が――いつも教室の隅で誰とも関わらず、イヤフォンをつけて自分の世界に閉じこもっているクラスメート――手島孝士だったからだ。

彼は母親に声を掛けると、子供を母親の手から受け取り抱っこして様子を観察する。何かを耳元で呼びかけ、肩を軽く叩く。その動きには、微塵《みじん》の躊躇もない。

　彼は傍で腕組みをしていた会社員らしき男に何やら声を掛ける。そしてすぐさま子供を床に横たえて、胸のあたりを確認し、肘を伸ばしながらそこに手を置いて心臓マッサージを始めた。

　速いテンポで、断続的に。その顔に焦りの色はなく、私の目には驚くほど冷静に映った。

　やがて乗客の一人が車掌を連れてきたが、手島孝士はマッサージを続けた。子供の顎を上げて鼻をつまみ、人工呼吸へと移る。息を吹き込み、胸のあたりを確認し、もう一度息を吹き込む。そして再び心臓マッサージを始めた――そのとき。

　子供の顔が歪み、手が動いた。彼はすぐに心臓マッサージをやめ、子供の膝を曲げて顎の下に手を差し込み、その様子を見守る。

「呼吸が戻ったぞ！」

　沸き立つ車内。しかしまだ予断を許さない状況だ。

　子供の母親はもちろん、車掌を含め、乗客たちは彼の動きを固唾《かたず》をのんで見守っていた。中には祈るような仕草をしているお年寄りもいる。

　間もなく駅に電車が入線し、通報を受けた駅員がAEDらしき赤い箱を持って駆け込んできた。手島孝士は駅員と何やら言葉を交わしている。数分後に今度は救急車のサイレンが聞こえてきて、救急隊員が車内に入ってきた。

　それから子供は運び出され、いろんな人が入り乱れ――無事を祈る会話が車内に飛び交う中、いつの間にかその中心にいた手島孝士の姿はなかった。

コツコツ、と教室内に響くチョークの音。

先生が黒板に刻む数式を追いかけて、ノートをこするシャーペンの音。

その音をどれだけかき集めても、私の頭の中でずっと鳴り響いている疑問は消えない。

あなたは――どうして何も言わずに去ったの?

いつの間にか先のページへと進んでいて、慌てて隣の生徒の机の上をチラ見しながら、テキストをめくる。

恨めしさを含んだ視線を、やや丸まった手島孝士の背中に向ける。

不公平だ。どうして私ばかりが、こうして悶々《もんもん》としなければいけないのか。あなたは以前と変わらず、淡々と、何も気にすることなく授業を受けているというのに。

全国ニュースになるようなセンセーショナルな話題があっという間に学校中を駆け巡っているのをよそに、その中心となるべき人物は、授業中も、休み時間も、ずっと自分の世界に閉じこもっている。誰に自慢するわけでもなく。ちやほやされるどころか、陰口を叩かれて。

この学校の中で――目撃者は、私だけ。

悩ましいため息でペン先を蒸らしながら、私はあの電車での状況を何度も思い返していた。

逆に手島孝士は――私がいたことに気が付いているのだろうか。話してはいないし、視線も合っていない。しかし、私がいた場所的に視界に入っている可能性はある。通学で同じ電車を使っているということはあちらも認識しているはずで、ホームで同じ列に並んで電車を待ったこともある。

もし気が付いていたとしたら、私のことをどう思っているのだろう。誰にも知られたくないと思っているとしたら、言いふらしたりしないか、不安に思っていないだろうか。

「起立！」

いつの間にかチャイムが鳴り始めて、ワンテンポ遅れて椅子を引いて立ち上がる。礼をしながら、私はほとんど真っ白なノートを見つめる。決して成績は良いとは言えないけど……きちんとノートを取ることだけが取り柄みたいな私が、今日はこの有様だ。

放課後。私は一人で教室を出て廊下を歩き、ほかの生徒が部室やグラウンドへと散っていくのを横目に、まっすぐに校門へと歩いていく。この時間に帰宅する生徒はいないことはないが、割と少数派だ。

ＪＲ横川駅に到着し、改札を出て路面電車乗り場のある駅前を通り過ぎて、近くのスーパーマーケットに寄る。

風除室を通り抜けて買い物かごを取ると、小さな子供連れのお母さんたちに交じって、青果コーナーのプライスカードを確認し、野菜を手に取りながら店内を巡っていく。

制服姿で、一人で買いものをしている私は少しだけ浮いている。でもそんなのはとっくに慣れっこだ。

毎週火曜日はお肉の割引セールをしている。豚のひき肉と、豆腐を買って……今夜は麻《マー》婆《ボー》豆腐かな。ついでにお弁当用のウィンナーも買っておこう。

そういえば片栗粉のストックがなかったと思い出し、迷いなく取りに向かう。最後に牛乳と、明日の朝ご飯用の食パンも忘れずに……。

通いなれた店内のレイアウトは、店員さんに尋ねなくても、どこに何があるのか大体把握している。あっという間に買い回りを終えて、レジへと向かう。

「いらっしゃいませー。あら、紗季《さき》ちゃん」

「こんにちはー」

レジ係のおばちゃんは私だと気づくと、スキャンしながら笑顔を見せてくれる。店員さんとも顔なじみで、いつも他愛のない話をしてくれる。

「はい、千百円ねー。あら、そういえば蒲田《かまた》高校って、ニュースになってたわよね。生徒の男の子が、電車で子供の命助けたって！」

「あー……そうなんですよ」

またタイムリーな話題を提供してくれるなあ。私は苦笑いをしながらお店のポイントカードを出し、千円札と小銭をトレーに置く。

「もしかして、お友達？」

おばちゃんがトレーの小銭をレジの釣銭機に流し込みながら、興味深そうに私の顔を見つめてくる。

「いえ、みんな知らないんです。誰なのか」

「え～そうなの？　不思議ねえ。もしうちの子なら目立ちたがりだから、みんなに言いふらしそうだけどねえ、アハハ」

「あ、あはは」

乾いた笑いを返しながら、「ありがとうございます」と会釈をして買い物かごをサッカー台へと置く。鞄からエコバッグを取り出して広げながら、ふう、とため息をついた。

言えるわけがない。実は私もその場に居合わせて、私だけがその正体を知っているって。

そして、商品を固い物から底に詰めながら、ふと考えを巡らせた。

もし私が学校でみんなに言いふらしたら……どうなるんだろう。

教室の隅っこで仏頂面をしながらイヤフォンを耳につけている手島孝士の顔を思い浮かべる。

嫌がるだろうなあ。ていうか、怒るに違いない。でも、どうだろう。みんなの彼に対する見方が変わって、人気者になって、私に感謝するって線は……ないか。

それこそ、私の思い上がりだ。彼が望んでいないことを正義漢ぶって勝手にお節介でやったところで、結局誰も幸せにはなれない。

買い物かごを戻し、エコバッグを肘に掛けて、店を出る。人通りの多い横断歩道を渡って、歩道をひたすら歩く。家への道中は、暑かった。日差しが強く、風もなく、夏服の制服にじんわりと汗が滲む。

団地の敷地内を歩き、角を曲がるとわが家が見えてくる。庭を通り抜け、玄関ドアを開けて「ただいま」と言うと、玄関ホールから廊下、奥のリビングまで声が反響する。

「あら、おかえりなさい。少し遅かったわね」

靴を脱いで洗面所で手を洗っていると、母が一階の和室からゆっくりと歩いてくる。

「あ、無理しないで。寝てていいから」

それでも私が買い物してきたものをキッチンへと運び冷蔵庫にしまおうとするので、捕まえて、「はいはい、病人は大人しくしておくのが仕事。いい？」とエコバッグを渡すように促すと、母はてきぱきと片付けや着替えをする私を困った顔をしながら見つめる。

「ソファーに座ってテレビでも見てて。晩御飯作るから」

キッチンの横で立ち尽くしている母の背中を優しく叩くと、母は言われた通りにソファーへと向かい、緩やかな動きで腰を下ろして、テレビをつけた。

エプロンを着けて、手を洗う。豆腐を下茹でするためのお湯を沸かしながら、まな板、包丁、必要な調味料を出して並べていく。

「さっちゃん。このドラマ見たことある？」

テレビを見ながら、母が尋ねてくる。画面を見ると、何かの恋愛ドラマのようだった。

「ドラマ見てないから分かんないよ」

私がそう答えると、母が教えてくれた。

「視聴率凄いんだって。今度映画にもなるらしいし。何万人に一人の奇病に罹った恋人のお話みたい」

「奇病？」

「うん。不治の病で、発症するきっかけになるのが、〝恋〟なんだって。このドラマは実話を基にしてるらしくって、患者さんの生涯を描いたドキュメンタリーとか本も凄く話題になってるよ」

それを聞いて、私は心がざわめくのを感じた。

「それ、聞いたことある。確か……」

クラスでも誰かが話していたし、インスタとかネットニュースとかでも見かけた記憶がある。名前は……と思い出そうとすると、テレビの中のヒロインが、そっと口にした。

恋滅症《こいめつしょう》――。

そうだ。その病気は、恋をしたら死ぬ。誰かを好きになると発症してしまう、恐ろしい病気だって。

「かわいそうにねえ。でも、周りで支える人だって大変よ。お母さんも病気で体調悪くしてさっちゃんに迷惑かけてるし」

母が画面を見つめながら呟く。

「私は……何とも思ってないよ。一番大変なのはお母さんなんだから」

キッチンでせかせかと調理しながら、申し訳なさげな母に向けてそう答えた。

「……ごめんね」

「何？　しょうがないじゃん、病気なんだから」

「そうだけど……さっちゃんだって部活とかしたかったでしょうに。家のことさせちゃってるのが情けなくってね」

「もういいって。私がやるって決めたことなんだから」

私が中学生になったくらいのときに、母が病気になって手術をした。

以来数年にわたって入退院を繰り返し、今は自宅で療養している。

父は帰りが遅い仕事をしているから、当初は母がふらふらになりながら家事をずっとこなしていたのだが、このままだと母の病気がよくならないと思って、私が家事全般をするようになった。

とはいえ、父も自分のことは自分でするし、休日は掃除したり色々とやってくれるから、辛いと思ったことはない。

「私、お母さんに元気になってもらいたいからやってるんだよ。だから気にしないで」

切り分けた豆腐を、まな板の上から崩れないように片手鍋に沸かしたお湯に投入する。

こうすることで豆腐が崩れにくくなるって教えてくれたのは母だ。

「ねえ、さっちゃん」

「なに？」

フライパンにサラダ油をひいて、豚ひき肉を炒める。ジュワーッと肉から滲み出た肉汁が撥《は》ね始めたら、チューブのニンニク、豆板醤《トウバンジャン》、豆鼓醤《トウチジャン》、甜麺醤《テンメンジャン》を加えていく。辛みと苦みが入り交じったような匂いが立ち込めたところで、火を止めた。

「お母さんのことや家のことを心配してくれるのは嬉しいんだけどね。お母さんとしては、さっちゃんには今しかできないことをやってほしいなって思うの。お料理なんか……ほら、お弁当買ってきたりとか、チンするだけとかいろいろあるし。お洗濯とかも、乾燥機に掛けちゃえば干さなくたって済むし……」

私はフライパンの粗熱《あらねつ》が取れるのを待ちながら、母に向かって精一杯の笑顔を向けた。

「私にとって〝今しかできないこと〟は、病気のお母さんや仕事で忙しいお父さんの役に立つことなんだから。別に何か他にやりたいことがあったりとか、犠牲にしてるとかないし。ほんっとに気にしなくていいって」

湯切りした豆腐をフライパンの中に入れると、ウェイパァーやオイスターソースなどを調合したスープを入れて煮込む。

「さっちゃん……ごめんね」

「謝らなくていいから」

私がそうたしなめると、母は「ありがとうね」と言って目じりをくしゃっとさせた。

母は優しい。小さい頃はよく病気をして熱を出した私の面倒を、付きっ切りで見てくれた。どれだけわがままを言っても、怒ったりせず、私の気が済むまでずっと見守ってくれた。そんな母が、私は大好きだ。だからこそ私は、母の為になるなら、自分のことなんてどうでもよくなる。

それが好き、ということなのかなとふと考える。もしもたくさんの人に好かれたなら、友達がたくさんできて、困ったときに助けてくれる人がいて、それは幸せなことなのだろうと。

だからこそ、ここのところ胸の奥に潜んでいる疑問がまたもくもくと湧いてきて、頭を支配する。

「……人に好かれたくない人って、いるのかな」

水溶き片栗粉を準備しながら、思わず言葉が零れる。

母は興味深そうに首を傾げ、私の顔を覗き込んだ。

「そうね。みんなに好かれるってことは、みんなの期待に応えなきゃいけないってことだからね。〝良い人〟になるって大変なのよ。それに、人に興味を持たれたくないって人もいるんじゃない？　ほら、自分の時間を大切にしたいとか、人づきあいが苦手とか」

「ああ……なるほどね」

正直、身に覚えがあるというか……クラスで好かれるように、というより〝嫌われないように〟振舞っていると自分で思うことがあって、ぎくりとした。

「そうだよね……人に期待されていない状況って楽だもんね。いつも成績がいい子だと、テストの点のハードルも上がるし。みんなに嫌われないように振舞うのって、それだけで何だか疲れるもんね」

「クラスで浮いている子がいるの？」

母が心配そうに尋ねてくる。私の頭には、くっきりと手島孝士の顔が浮かんでいた。

「まあ……そんな感じ。周りとの関わりを避けているというか。自分の殻に閉じこもっているというか」

「だったら、話しかけてみたら？」

「うーん、でも好きでそうしているのに、邪魔するのも悪いかなって」

私が眉を顰めると、母は優しく言葉を添えた。

「あなたが話すんじゃなくて、話を聞いてあげるの。そうしたら、その人のことも分かるかもしれないし、あなたのことも分かってもらえるかもしれないでしょ？」

その人のことが分かる……か。確かに、私は彼のことを何も知らない。

ふと思う。もし彼が人との関わりを避けたいと思っていたとしたら……そもそも電車で子供が倒れたって素知らぬ顔をするんじゃないか。本当に人に興味がないなら迷わずそうするだろう。

でも、手島孝士は違った。彼がとった行動からは、むしろ人に対しての強い想いが感じられる気がするからだ。

スープの水かさが減ってきた。一度火を止め、水溶き片栗粉をゆっくりと回し入れる。冷蔵庫から刻み葱のパックを取り出してフライパンに加えると強火にして、底が焦げ付かないように揺すりながら豆腐を焼く。

料理ができるころには、母はソファーで寝息を立てていた。

起こしてしまわないように、シンクで静かに洗い物を先に済ませる。

もしかしたら、あの日電車であの場面に居合わせたのは……彼について知る貴重なきっかけだったのかもしれない。

決して頭の中で渦巻いている考えがまとまったわけではないけど。もう少しだけ勇気を出してみる価値はきっとあると、私は背中を押してもらえた気がした。

「ねえねえ紗季ちゃん。一緒に更衣室行こー」

クラスメートの轟《とどろき》七海《ななみ》が笑顔で声を掛けてくる。背が高くて、おっとりしていて、ちょっと天然。入学して最初に仲良くなったのは彼女で、一緒に行動することも多い。

「ねえ、七海って、手島くんと同じ学校だった？」

廊下を歩きながら尋ねると、彼女は目をぱっちりと見開いて首を横に振る。

「私は違うけど、同じ学校だった子なら隣のクラスにいるよ。あの眼鏡かけて髪結んでる……富田《とみた》自由《みゆ》って子」

富田さん、か。話したことはないけど……顔は知っている。

「どんな子？」

「すごく大人しくて、真面目そうな感じかなあ。あんまり話したことはないんだけど」

「そうなんだ」

次の授業は体育で……男女別でいくつかのクラスと合同で、たまたまその子と一緒だ。

これは彼のことを知るチャンスかもしれない。更衣室で着替えた後、体育館への移動中に、彼女に思い切って話しかけてみた。

「ねえ、ちょっと聞きたいことがあるんだけど」

一人で歩いていた富田さんは一瞬びくっと肩を震わせて、私の方へと振り向いた。

「……なに？」

警戒するように、怪訝《けげん》そうな視線を向けてくる。

「手島くんって、中学のとき同じ学校だったんだよね？」

じっくり話す時間はなさそうだし、単刀直入に聞いていた。

すると彼女の表情がみるみる険しくなり、鋭い目つきで私のことを睨みつけながら吐き捨てるように言った。

「彼にはずっといじめられてたの。あのときのことは、思い出したくもない。その名前……二度と私の前で口にしないで」

そのまま彼女は、早足で私のもとから離れていった。

体育の時間。七海とペアを組んで準備運動をしながら、私の心は沈んでいた。

「どうしたの？　顔……死んでるけど、大丈夫？」

心配そうな七海に、私は「大丈夫」と力なく答えるだけ。

彼のことを、知りたい。

そんな私の気持ちが、激しく揺らいでいる。

でもそれは、やっぱり私に勇気が足りないだけだ。

首をぶんぶんと振って、気を引き締める。

今日は絶対に、彼に話しかける。そう自分に言い聞かせながら、私は助走をつけ、跳び箱を跳んだ。


昼休み。みんながいる前ではやっぱり話しかけづらく、授業の合間や教室移動の際にチャンスを窺ったのだけれども、なかなかタイミングが合わず。

お弁当を食べ終わって、七海と一緒にトイレに行って。外で彼女が出てくるのを待っていると、廊下を手島孝士が歩いてくるのが見えた。

——来た。今ならイヤフォンもしていないし——周りに誰もいない。この機会を逃してなるものか。

彼が近づくにつれ、だんだんと高まっていく鼓動。私がもじもじしていると、彼がちらりと顔を上げてこちらを見た気がした。

気づかれた？　と思った瞬間。彼の足取りが速くなり、窓際へと進路を変えた。

えっ？　明らかに避けられてない？　と戸惑ったのと同時に、「おまたせー」と七海が背中を叩いた。

「あ……うん、じゃあ戻ろっか」

その隙に、手島孝士はさらにペースを上げて私たちの横を通過し、トイレの中へと消えていった。

やっぱり駄目か……。

落胆した私は、視線を落としながら廊下を歩き、教室の前に来る。

開いた窓越しに、教室の様子が視界に入った。

委員長――田島賢太郎が、男子生徒と会話している。というより、一方的に話しかけている。なんだろうと思いながらドアを開くと、彼がその男子に何かを断られたところで――間が悪いことに、ちょうど教室に入ってきた私に、彼の視線が向いた。

「あ、塚本《つかもと》さん。ちょうどいいところに」

何だろうと思い、どぎまぎする。

「え……うん。なに？」

手招きする彼の近くに行くと、私の顔をじろじろと見つめてくる。

「君は……咬まれたことはあるかい？」

「……ん？」

「人でも、動物でも。一年以内に。咬まれたことはある？」

「ない……けど」

「そう。じゃあ、ピアスの穴は？」

「開けてないです」

「うんうん。最近怪我をしたことは？」

「特には」

「じゃあ最後に……誕生日はいつ？」

「……四月だけど」

するると彼は深く頷いて、私の肩を叩き、改めて笑顔で告げた。

「合格だね。献血に行こう」

「……はい？」

彼は待ってましたとばかりにパンフレットを取り出して、私に見せてきた。

……生徒会主催、校内献血の案内、と記載がある。献血ができない人、という項目に、先ほど私が聞かれた内容が書かれていた。

「えーと……これって、勧誘かな？」

「違うよ。仲間を集めているだけさ」

屈託なく微笑む彼を見て、同じクラスの男子の誰かさんと全然違うな……とつい思ってしまった。

「行きたいのはやまやまなんだけど、私、注射がすごく苦手で」

献血の理念はすごくいいと思うんだけど。注射はもちろん、血を抜かれるという行為にかなり苦手意識がある。

「大丈夫。刺すときと抜くときはちょっと痛いかもしれないし、血を抜かれているときもちょっと落ち着かないけど、とにかく大丈夫だから」

それを聞いて余計に怖くなった。どうやらこの人は上手に嘘をつくのが苦手らしい。

「う〜ん……」

私が悩んでいると、田島くんが「よし、分かった」と言って自分の腕を叩いた。

「献血に参加してくれたら、何でもひとつ、君の言うことを聞くよ。それならいい？」

いきなりとんでもないことを言い出した。

「いやいや、そんなことでき……うーん」

待てよ、とふと私は思い立った。このコミュ力を備えている委員長なら……もしかしたら彼に対して何かしらのアプローチができるかもしれない……と。

「じゃあ……」

「いいよ。なんでも言って」

彼は私の机の横にしゃがんで、耳を傾ける素振りをした。

「手島くんと……仲良くなってくれないかな……」

「……ん？」

冗談を言っていると思ったのか、私の顔を二度見する田島くん。

「もちろん構わないけど……なんで？」

「いや、その……だって、クラスで孤立しているというか。何とかしてあげたいなって思ってて」

思わず顔が赤くなってしまう。いや、そういうんじゃないんだけど。明らかに動転している様子の私を見て、「ははあ」と田島くんがにやりとする。

「いや、違うから」

「何も言ってないけど」

「ホントに。みんなに悪く言われてるのが、見ていられなくて」

「そんなに悪く言われてるかなあ」

「……女子の間では」

へえ、と意外そうな顔をする田島くん。「そういうやつ、手島くんのほかにも何人かいるけど」とちらちらと教室を見回す。

「何かあったの？　彼と」

「えっ。別に……」

「あったんだね。良かったら、聞かせてくれない？」

軽く話したことはあれど、特にこれまで交流があったわけでもない田島くんに対し、どこまで打ち明けて大丈夫なのか躊躇った。その様子を見た田島くんが優しく微笑みかけてくる。

「無理にとは言わないよ。でも、君が困っているようなら力になりたいからさ。彼に関することならもちろん、協力する。君が一人で背負い込む必要はないと思うよ」

その言葉を聞いて、悩んでいた気持ちが少し楽になった。同時に、委員長なら……手島くんの秘密を打ち明けてもいいのではないかと思い、思い切って話を切り出した。

「先々週くらいかな。通学中の電車の中で、突然子供が倒れて。偶然居合わせた手島くんが、心臓マッサージとかして助けたのを目撃しちゃって」

田島くんはそれを聞いて、ちらりと周囲を見渡す。そして、腕組みをしながら目を細めた。

「あー、ニュースになったやつか。男子高校生が、誰にも名乗らずに立ち去ったっていう。へえ……あいつだったのか。凄いじゃん。たいしたもんだよ。僕でもそこまで的確に処置できるかどうか自信ないな」

「え？　驚かないの？」

「別に。だってあいつ、芯がありそうなやつだから」

芯がありそうか……。そういえばもともと男子はそんなに手島孝士のことを疎んではいないようだった。

「で。彼の方は、君がその場にいたってことに気づいているの？」

「うーん……」

「もしかしたら、君がいたことを知っているからこそ警戒しているのかもよ。ばらされたくないんでしょ？　どんな理由があるのか知らないけど」

田島くんはワクワクした様子で私に目配せをする。

「はあ……。あのさ。分かると思うけど……絶対にみんなには言わないでね」

「そりゃもちろん」

そして、そこを探ってくればいいんでしょ？　と田島くんは不敵な笑みを見せた。

「約束だからね。紗季ちゃんの頼みなら、僕はなんだってしてしまいますよ」

「そういうこと言わないで。私が恨まれるから」

言った傍から、田島親衛隊の一人が私の席に寄ってきて大きな咳ばらいをする。ああ、やばい、と怖くなって、慌てて田島くんの背中を押した。

「ほら、もう行って」

「はいはい。また後でね」

背中を向ける田島くん。しかし私は彼をもう一度だけ呼び止めて、尋ねた。

「ねえ。ちなみに委員長ならどうする？」

「ん？　何が」

「もし……電車で子供を助けたら、自分だって名乗り出る？」

田島くんは私の目を見つめながら、真顔でこう答えた。

「当たり前でしょ。その方が僕の株が上がる。人気者になる。むしろ、自分から言いふらして回りたいくらいだね」

でしょうね、と私は苦笑いした。

翌日。朝教室に入ると、田島くんと手島孝士が揉めていた。

「えっ何やってんの？」

教室が騒然とするなか、鞄を背負ったまま二人のところに駆け寄る。田島くんの手には手島孝士のイヤフォンがあって、手島孝士は険しい目つきで田島くんを睨みつけている。

一触即発の空気。私が彼らの傍に行く前に、近くにいた男子生徒が二人の間に割って入って事なきを得た。

「ちょっと委員長！」

私は田島くんの手を引いて彼を問い詰めた。

「……なんでこんなことになってるの？」

彼をじとりと見つめる。田島くんは飄々《ひょうひょう》とした様子で、「挨拶したかっただけなんだけどなあ」と頬をかいた。

「挨拶って。あれのどこが挨拶なのかな」

「イヤフォン取らないと聞こえないと思って。そしたら立ち上がって睨んできたんだよ」

「急にそんなことされたらびっくりするでしょ」

田島くんは困ったように肩をすくめる。

「急じゃないんだけどなあ。トントンッてしたよ。肩と、背中。頭も。でも完全無視されたから、仕方なく引っこ抜いたんだよ。嫌なら、最初から反応しろって話じゃない？　僕ばっかりがこうやって責められるのは心外だなあ」

「……それって余計に煽ってない？」

手島孝士が怒った理由が分かって、むしろ納得した。ふと後ろを振り返ると、一部の女子たちの嫉妬が交じった視線を感じて、慌てて「じゃあ」と言って自分の席に戻った。

テキストやノートを机にしまいながら、手島孝士の方を確認する。またイヤフォンを装着しなおして、いつも通りの彼に戻っていた。

どっちもどっちだな……と半ば呆れる。とはいえ、自分でできないからって頼んだ私にも責任はあるわけだし。

しかし、私は田島賢太郎を見くびっていた。

その日、休み時間に入るたびに、彼は手島孝士のもとへ突撃を繰り返した。

さすがにイヤフォンを引っこ抜くことはしなかったが、チャイムが鳴り、彼がイヤフォンを装着する前に話しかける。肩を叩く。微笑みかける。

なんの話をしているのかは分からない。それでも、当の手島孝士は完全無視を決め込んでいるから、私は居たたまれない気持ちになってくる。

そして――一週間が経った。

六月に入り、制服も夏服になる。梅雨入りを目前に、ここの所慌ただしく更新されていく日々に、戸惑いと焦りを感じていた。

彼らの様子はというと。観察するたびに、徐々に距離が縮まっていっているのを感じていた。

　昼休みに入り、私が田島くんの様子を見つめていると、彼はいつものように手島孝士の机へと向かう。

　そして気づく。——イヤフォンを付けていない。田島くんが来るのを分かっていて、待っていたのか。

　田島くんが何か声を掛ける。すると手島孝士は立ち上がって、二人連れ立って教室の外へと出ていった。

　えっ。まさかとは思うけど……一緒にお昼食べに行った？

　私が唖然としていると、傍らでお弁当箱をおなかの前にちょこんと抱えた七海が「お弁当食ーべよ」と声をかけてきた。

「あー、ごめんごめん。食べよっか」

「どーしたの。ぼーっとして」

「何でもないよ」

　私も鞄からお弁当箱を取り出して、机の上に広げる。昨日の晩御飯の残りと、朝いちで作った玉子焼き。二人で他愛のない話をしながら箸でお弁当をつついていると、七海がとある話題に切り込んだ。

「そういえばさ。最近田島くんたち、仲いいよねー」

「えっ、あっ。そうだね……」

思わず口に含んだタコさんを噴射しそうになった。

「でしょーっ？　なんか意外な組み合わせっていうか。ていうか手島くん、普通に人と話せるんだねってみんなびっくりしてて」

まあ、私は絶賛避けられ中ですけどね……と気が沈んでしまう。

実はあれ以来、駅のホームで会うことも一切なくなった。あまり考えたくはないけど、おそらく交通手段を変えたに違いない。

「でも不思議だよね。私たちも、こうしてご飯いっしょに食べてるけど、私、紗季ちゃんと仲良くなれるって思ってなかったし」

「えっ、そうなの？」

「そうでしょー。紗季ちゃん可愛いし。密かに男子に人気あるし。田島くんだって、嬉しそうに紗季ちゃんと話してたじゃん。あれ、ちょっと噂になってたんだよ。それに引き換え、私なんてバレーばっかりでおしゃれじゃないし。背高すぎて全然可愛くないし。私なんかとお昼食べてていいのかなって思うもん」

「いやいやいろいろと……初耳なんだけど」

〝密かに〟ってのが妙にリアリティがあるなと思いながら、思いがけない情報に思わず食いついてしまう。

「もしかして、紗季ちゃんって田島くんのこと好きだったりする？」

「いや、それはないから」

「あー、それがいいよ。なんか競争激しそうだしねー」

そう言ってくすくすと笑う。そのまま私たちは昼休みを教室で過ごし、田島くんと手島孝士は次の授業が始まるまで帰ってこなかった。

放課後。ホームルームが終わると同時に、私は意を決して田島くんに声を掛けに行った。

「あの……ちょっといい？」

「……うん。どした？」

田島くんがいつもの微笑みで私を迎え入れる。

「今からちょっと話せる？」

すると田島くんはちらりと廊下側に目をやり、そちらを親指で指さしながら答えた。

「なら、今からあいつ連れて生徒会室行くから。そこで一緒にどう？」

「せ、生徒会室？」

目を丸くする私。〝あいつ〟というのは、そこで荷物を詰めている手島孝士。彼のことでしょうか？

「そう。本当は今日委員会はないんだけど、ちょっとあいつに手伝ってもらいたいことがあってね。紗季ちゃん部活入ってないんだよね？　ついでにどう？」

これは……初めて手島孝士とまともに関わることができるチャンスでは？

「あ、うん。分かった。行くから」

私はすぐに荷物をまとめて、教室を出て廊下を歩く男子二人を追いかけた。

生徒会室は、本館二階の奥にある。この二人……普段どんな会話を交わしているんだろうと思いながら、背の高い二人の後ろをちょこちょこと歩いてついていく。

「……どれくらいあるんだ？」

「なに。ほんの二百部だ。二時間もあれば終わるさ」

「……面倒くさいな」

今からする〝手伝ってもらいたいこと〟について話をしているのだろう。私は特に会話に入ることもなく、あっという間に生徒会室に辿り着いた。

田島くんが〝生徒会執行部〟と表札に筆書きされたドアの鍵を開ける。中に入ると、中央に長机を二台連結して置き、周囲をパイプ椅子で囲んだ簡易的な会議室のようなレイアウトになっていた。

「あ。机の上で作業するから。荷物は後ろの椅子の上に置いて」

言われるがままに荷物を置くと、身の置き所がなくて机の前で手を後ろに組んで立ち尽くす。

「ちょっと職員室のプリンターで印刷してくるから。ここで待ってて」

そう言って私に目配せすると、田島くんはさっさと生徒会室から出ていってしまった。

ははあ、そういう魂胆か。いや、むしろ私が望んでいた状況ではあるんだけど……こんないきなりって。さすがに心の準備ができていない。

しんと静まり返る室内。焦りと緊張でガチガチになっている私をよそに、手島孝士は何も言わずに窓を開け始めた。

「あー。確かに暑いもんね。エアコンとかないのかな」

見たところなさそうなのは分かるんだけど。手探りで話題を探した結果、とりとめのないことを聞いてしまった。

しかし、無情にも彼は何の反応も示さず。すべての窓を開け終えると、窓際に置いてある椅子に座り、スマホをいじり始めてしまった。

あ――――っ！

私の中で、何かが切れた。必死で保っていた理性が、ブツンと鈍い音を立てて。

なんで私にこんな仕打ちをするんだろう。前世かどこかであなたに末代まで呪われるような、よっぽど恨みを買うことをした？　そうだろうね。そうでしょうね！

さすがにぶすっとした態度になってしまい、廊下側の椅子にどかっと腰かけた。

もう知らない。あなたが悪く言われるのが見てられなくて、本当のことが知りたくて、何より、あなたの助けになりたくて、今までずっと悶々と悩んできたのに。もうこれ以上関わらない方がお互いの為なんじゃないか。そうだ。思い返せば、全部私の自己満足だったんだ。彼が求めてもいないのに、頼んでもいないのに、勝手にあれこれ詮索して、田島くんまで動かして――。もう意味ないよね？　これ以上こんなことやったって――。

「ある」

私が胸の中で今まで抑えつけていたうっぷんをまくし立てていると、風がカーテンを揺らし、掲示物がはためく音だけが聞こえている生徒会室に、ふと彼の低い声が響いた。

「……え？」

私は素《す》っ頓狂《とんきょう》な声で反射的に聞き返した。

すると手島孝士は、私から目を逸らしたまま、さっきよりもボリュームを上げて、壁側にある棚の上を指さして答えた。

「エアコンはないが……扇風機ならある。下ろしてつけるか？」

「あ、いえ、おかまいなく」

「……そうか」

すると、また視線をスマホに落としてしまった。私はあまりにも突然に、そして自然に彼と会話ができたことへの感動も達成感もどこへやら、彼に提供する次なる話題を必死で探した。

「あ、そうだ」

私が口を開くと、彼はスマホを触る指を止めた。

「手島……くんって、電車通学だよね。最近駅で見かけないんだけど……ほかの方法で通ってる？」

いきなり突っ込みすぎたか……？　と後悔するが、あまり時間もないし、気になることは聞いていかないと、と自分を奮い立たせる。

「……バス」

「え？　ああ、バスにしたんだ。へえ」

なんで？　とは聞けなかった。それを聞くのはなんだか怖かったから。

「でも、それ以前は電車で通ってたよね」

「……ああ」

「たまに同じ車両になったことあるからさ。気づいてた？」

すると、今度は再びスマホに視線を落として押し黙ってしまった。

再び訪れる静寂。風の音が、これほど気まずく感じられたのは恐らく人生で初めてだと思う。

怖気づく私。でも――このままでいいのか、と焦る気持ちも押し寄せてくる。

ふと思い返したのは――田島くんが手島孝士と仲良くなっていく姿だった。

そうだ。私だって、このままじゃ引き下がれない。

すーっと息を吸って肺に空気を取り込んで。私は目いっぱい勇気を振り絞って、言葉を並べた。

「あのこと……黙ってた方がいい？」

私は見た。

それまでポーカーフェイスというか、ずっと淡々とした表情だった手島孝士が、目を見開いた瞬間を。

「ねえ。黙らないでほしいんだけど……」

明らかに反応はしているのだが、きちんと言葉で答えようとしない手島孝士に、逃すものかと畳みかける。

「……なんの話だ？」

とぼけるつもりか？　そうはさせない。

「私、あの日同じ車両に乗り合わせていたから。全部知ってるんだよ。まあ……手島くんも気づいていたとは思うけど」

手島孝士は私と目を合わせようとせず、窓の外を見下ろしながら首を振った。

「知らないな。人違いだと思うが」

……何をどう間違えるのかな。少しむきになって、彼に食い下がる。

「私、正直……凄いと思った。だって、私何もできなかったし。何かしたとしても……あそこまで的確な行動ができるとは思えないし。何より、あの子の命を救ったんだよ。誰にだってできることじゃない。なのに、なんで何も言わずに立ち去ったのか、教えてほしい」

机に手をつき、彼に一歩近づく。すると彼は手のひらをこちらに向け、淡々と言い放った。

「繰り返すが……それは俺じゃない。何か勘違いしているみたいだが」

……頑固だな。私は彼が突き出した手を振り払って、ずいと彼ににじり寄った。

「勘違いじゃない。嘘ついてる。私見たんだから。そっちがしらばっくれるなら、クラスとか学校のみんなに本当のことを言いふらしてもいいんだよ」

するると、飄々としていた手島孝士が、怪訝そうな顔で私に視線を向けた。

「おっと、そこまでにしようか」

不穏な空気の中、タイミングを見計らったかのように田島くんがドアを開けて生徒会室に入ってくる。

「えっ。いつからいたの？」

「うーん。扇風機のくだりくらいからかな」

だったらもっと早く入ってきてよ！　と心の中で突っ込みを入れる。田島くんはつかつかと中央の机の周りを歩いてきて、手島孝士の背中をぽんと叩く。

「孝士さ。本当のこと、言ってあげたらどうだい？　彼女、君のことすごーく心配してくれてたんだよ。まあ、だからといって脅すのは良くないけど」

勝手にイヤフォンを耳から引っこ抜くのは良いんかい！　まったくどいつもこいつも……とため息をつきながら、手島孝士の出方を窺う。すると彼はぷいと背中を向けて、

「……ったく。たまたまだよ」とぼやいた。

「え？　何が」

私が尋ねると、手島孝士は私の方を振り返って口を尖らせる。

「登校中に電車に乗ってたら、たまたま目の前で子供が倒れた」

「……でも、助けたんでしょ？」

「救命措置は？　あんなの誰だってできることじゃない」

「……たまたまな」

「たまたま知ってただけだ」

「じゃあ、何も言わずに立ち去ったのは？」

「たまたま降りる駅だったから、そのまま降りただけだ」

ちっともたまたまじゃないじゃん！　子供が倒れたのはともかく、それ以降は全部意図してやってるでしょ！

納得いかない私がふくれっ面をしていると、「まあまあまあ」と田島くんが間に割って入ってくる。

「紗季ちゃん。孝士はさ、目立つのが嫌いなんだ。シャイなんだよ」

「……そんなこと言われなくても、みんなに言いふらすつもりはないです」

目立つのが嫌いなのはいいけど。クラスのみんなに対するあの態度は改めた方がいいんじゃないか——と喉まで出かかったが、彼のことをよく知りもしないでそこまで言うのはお節介すぎると思い、口をつぐんだ。

私の様子を見て、田島くんが微笑ましそうに口元を緩ませる。

「まったく。二人とも不器用なんだから。そんな君たちに、仲良くやってもらいたいことがあるんだ」

田島くんは生徒会室の外から段ボール箱を持ち込んで、中央の机の上に置いた。

「僕たち生徒会は慢性《まんせい》的な人手不足でね。力があり余ってる手島くんと、どうしても彼の力になりたい紗季ちゃんは、いい機会だと思って手伝ってくれないかい」

中からレジュメが印刷された紙をどさっと取り出す。来月に生徒会主催で行われる校内献血のパンフレットを製本するらしい。

「ここに折り目を付けて、まとめてホッチキスで留める。ね、簡単でしょ？」

「え……これ、全部やるの？」

私がそのとてつもない量に目を丸くしていると、手島孝士が気だるそうに机に頬杖をつく。

「人手が足りてないんなら、製本してくれる印刷会社とかに発注すればいいだろうに」

田島くんは飄々とした様子でてきぱきと私たちの分を振り分ける。

「それができればそうしてるさ。だが残念ながら予算が限られていてね」

その一言を機に、私たちは黙々と作業を始めた。

室内には、紙を折る音、ホッチキスで留める音だけが響く。窓の外からは、運動部の威勢のいい掛け声と、吹奏楽部の管楽器の澄んだ音と、軽音楽部の重低音が聞こえてくる。

――しかし、暑い。

扇風機、やっぱりつけてもらえばよかったと、意地をはったことを後悔する。っていうか、私何をしているんだろう。

夕飯、どうしよう。遅くなったら、買い物に行く時間もないし。冷蔵庫にあるもので、簡単に作れるやつにしようかな。

指先に集中しているようで、雑念が入り交じってくる。ふと田島くんの方をちらりと見ると、丁寧に折り目をつけながらてきぱきと作業を進めている。やばっ。私のと比べると、めっちゃ綺麗じゃん。性格出てるな……。

そのまま視線を隣にいる手島孝士に移すと、「終わった」と素っ気なく言い放ち、自分が割り振られたレジュメをどんと目の前に置いた。

「はやっ。もう終わったの？」

目を丸くしながら手島孝士のレジュメを手に取ると、折り目がズレていたり、ホッチキスがきちんと留まっていなかったり……雑っ！　早いけど雑。性格出てるな……。

「じゃ、用事済んだんなら帰るからな」

手島孝士がそう言って立ち上がり、椅子の上に置いていた鞄を手に取る。

えっ。先に帰っちゃうの？

焦る私を見かねたのか、田島くんが私の分の残りのレジュメを半分手に取り、手島孝士の目の前に置いた。

「駄目じゃないか。仕事っていうのは、みんなで協力してやるものだよ。チームプレーなんだ。自分の分が終わったからって、仕事が全部終わったわけじゃない。いいかい？」

そう言って窘められた手島孝士は、面倒くさそうにため息をつきながら再び席に着いた。

「そもそも誰の仕事だよ……こっちは手伝ってやってんのに」

「はいはい。一度引き受けたからには文句言わない」

なんだかんだでちゃんとやるんだ……と不思議と笑いが込み上げてきた。

その後作業は十分ほどで終わり、田島くんからはお礼と言って飲み物を渡された。手島孝士はブラックコーヒー。私は、ぶどうジュース。なぜぶどう？　と思ったが、彼なりの気遣いはありがたいと思い、笑顔で「ありがとう」と言って受け取った。

生徒会室の外に出て、田島くんが施錠《せじょう》する。

「じゃあ、また。僕は職員室に用事があるから。気を付けて帰るんだよ」

と言って田島くんが笑顔で手を振る。下校時刻まで、あと三十分。まだまだ部活動は続いていて、校内からもグラウンドからも活気が伝わってくる。

校門をくぐって学校前の通りから角を曲がり、国道沿いの歩道を歩いていく。道幅が広くなったから、私は彼の横に並んだ。

「コーヒー、飲まないの？」

まだ開栓していないことを不思議に思って尋ねる。

「ああ……いるか？」

「いや、いいって。飲んだら？」

彼は無愛想なまま、特に何も答えず、そして私に歩調を合わせることもない。

なんでだろう。答えにくいようなこと、聞いたかな？　と疑問に思った私は、やや早足で彼の少し前を歩き、田島くんにもらったぶどうジュースを差し出した。

「だったら、交換する？　私、これよりコーヒーの方が飲みたかったんだけど」

正直私は、甘い飲み物があまり好きではない。むしろ苦いお茶とか、無糖のコーヒーとか紅茶に目がない。

ちょっと図々しい申し出だったかな？　と思ったが、彼は意外と素直に私の差し出したぶどうジュースを受け取り、すぐに開栓してゴクゴクと勢いよく飲み始めた。

「え？　あ、じゃあ私も頂きます」

そう言って彼から缶コーヒーをもらい、歩きながらで行儀が悪いと思いつつ、プルタブを引いてくぴりと口に含む。あーやっぱり美味しい。家でお父さんがハンドドリップしてくれたコーヒーをよく飲むんだけど、缶だって捨てたもんじゃない。

「お前、よくそんなの飲めるな」

手島孝士が眉を顰めながら私を見つめている。

「え？　何で。美味しいじゃん」

「味ないだろ」

無類の無糖好きの私に向かって……とついムキになってしまい、「あるよ！」と口を尖らせた。

「あなただって、よくそんな甘いのがぶ飲みできるね。逆に喉渇かない？」

手島孝士はますます怪訝そうな顔をする。

「甘くないと味がしないから喉通らないだろ」

また味って。私の味覚を全否定してくるとは。

「味って、甘いばかりじゃないんだよ。苦みとか、酸味とか、香りだって……立派な味覚のひとつだよ。ブラックだと、そういうのがじっくり味わえるし」

手島孝士は興味なさそうにぶどうジュースの缶を握りつぶし、通りがかった自販機の横のごみ箱に投げ捨てた。

交差点に差し掛かり、信号待ちをする。この先を右に曲がればバス停で、左に折れれば駅へと続く。

「手島くんは、どっちで帰る？」

「……何がだ？」

「バスか、電車か。確か今、バス通学に変えたんだよね？」

なんで変えたのかまではちょっと怖くて聞けなかった。お前のせいだよ！　って思われたら嫌だし。

手島孝士は眉を顰め、ひとしきり思考を巡らせたうえで、「ああ」とだけ素っ気なく答えた。

「じゃあ、私もバスで」

彼は一瞬だけ私のことをチラッと見たが、表情を変えず煌々と赤く灯る信号機へと視線を戻した。

「定期、持ってるんじゃないのかよ」

「まあ……片道のバス代くらい持ってるから大丈夫」

あれ？　何で私ってそこまでして仲良くもない彼と一緒に帰りたがってるんだろう。ふと疑問に思うと同時に、迷いなく決断を下した自分に少し驚いていた。

バス停に着くと、ちょうどバスがやってきた。乗車すると、私は乗車券を取り、手島孝士は財布からパスピーを取り出してタッチした。

空いている席の窓側に座る。手島孝士はしばらくあたりを見回したのち、ゆっくりと私の隣に詰めて腰かけた。

彼のがっちりした肩と腕が、私を窓際へ押す。狭くなった座席。詰まった空間。やっと私は気が付く。近い。急に近い。

私……汗の臭いとかしないだろうか。昨日臭いの残るもの食べてないよね？　と急に心配になる。

横目で隣の様子を窺う。彼はがっつり私から目を逸らして、頬杖をついて反対側を向いていた。

このままじゃ、隣に私が座っていようが胸ポケットからイヤフォンを取り出して自分の世界に閉じこもってしまいかねない。そうなる前に、勇気を振り絞って手を打つことにした。

「ねえ、ずっと気になってたんだけど」

手島孝士は、外の景色から視線を逸らさないまま「何だ」とぶっきらぼうに答える。

「……いつも何聴いてんの？」

「いつも？」

「ほら、教室とかで。一人でイヤフォンしてるじゃん」

「……ああ」

彼は面倒くさそうに首をひねったのち、ぽつりと言葉を零した。

「……ヒップホップ」

「え？」

そう言うと、話を広げるのを拒否するかのように口をつぐんでしまった。

「本当に？」

「……ああ」

絶対嘘だ。そう直感した私は、「じゃあ今からちょっと聴いてみて」と続けた。

「なぜ？」

明らかに不満そうに顔をしかめる彼。私も、何でそこまでして彼が聴いている曲を知りたいのか分からない。でも、ちょっとしつこいと思われようが、きちんと向き合ってくれない彼に対する意地みたいな感情が、私を駆り立てる。

「だって。明らかに〝ぽく〟ないもん。違うでしょ」

「なんだよ〝ぽく〟ないって。じゃあ何聴いてたら満足なんだ？」

「いいから、聴いてみてって。ほら早く」

私が一歩も引かないでいると、私が次に「さもないと言いふらすぞ」とでも言いだしそうだと感じたのか、渋々胸ポケットに手を差し入れる。しかし、あれ？　と不思議そうな顔をして、足元に置いていた鞄のファスナーを開ける。

彼の鞄の中身が不意に視界に入る。紫色の紐で結ばれた白いお守りが、私の興味を引いた。

何のお守りだろう。

鞄の中を勝手に覗いてしまったことへの後ろめたさから、とっさに尋ねることはできず。やがて鞄の内ポケットにイヤフォンを捜し当てた彼は、イヤフォンを耳につけてスマホを操作し始めた。

「見んなよ」

私が画面を覗き込むのを警戒したのか、露骨に背中を向けて操作しようとする。こんなに近かったら嫌でも目に入るって。

「……流した？」

私が急かしても、彼は何も反応せず。すると急にイヤフォンからシャカシャカと音が漏れ始めて、彼がびくっと肩を揺らした。

「いやいや……音量設定おかしいでしょ。絶対普段聴いてない」

私が呆れたように口を尖らせると、彼は気まずそうにスマホの上で指先を遊ばせる。

沈黙。……ちょっと黙るのはやめてくれないかな。私が図々しくて、他人のテリトリーに土足で踏み込むデリカシーのない人間みたいに思えてしまう。

しまったな……と後悔した。誰にだって、人に知られたくないことはある。ちょっと接点ができたからって、調子に乗りすぎた。

「ごめん。もういいから」

そう言いながら、ちょっと泣きそうになって声が潤んでしまった。ああ、やばい。私、超めんどくさいやつじゃん。

自己嫌悪モードに入った私は黙りこんでしまう。彼はスマホを手に持ったまま。バスはカーブに差し掛かり、車体が揺れる。肩が触れ合う。彼は少し腰を浮かせて、数センチだけ私と距離を置いた。

遠い。こんなに近くにいるのに。私は何も彼のことを知ることができない。いや、最初から私の中で渦巻くこの感情は、自己解決すべきものだったのかもしれない。

彼が自分という檻の中から出てこないのは、彼なりに理由がある。そんなことは分かっている。なのに無理やりいろいろ聞き出そうとしたり、詮索したり。嫌がるに決まっている。どう考えたって、たとえ嘘をつこうが……拒否する彼の方に正当性があって、悪いのは私だ。

今思えば。電車で彼が子供を助けるのを目撃して以来、私は冷静さを欠いていた。私だけが彼の秘密を知っているという優越感？　なのか。それは、みんなから嫌われている彼を、私ならどうにかしてあげられるという思い上がりでもあったのかもしれない。

ごめんなさい、と手をついて彼に謝りたくなった。でもそれだって、感情に流されている私のパフォーマンスに過ぎない。そう思われそうで、自分がどんどん嫌いになっていく。

信号のないところで、バスがゆっくりとブレーキを踏み、停車する。不思議に思って前方に目を凝らすと、小さな子供が手を挙げて横断歩道を渡っていた。

運転手さんが子供に手を振っている。そんなやり取りを見て、座席で一人淀みきっていた私の心が、少しだけ透明に近づいた気がした。

「――聴くか？」

隣から、声が聞こえた。今まで聞いていたのとは性質が違う、耳に心地いい声が。

「え？」

間の抜けた、喉を擦ったような、掠れた声が出る。すると隣で彼は胸ポケットにしまったイヤフォンを取り出す。再び肩と肘が触れ合う。

彼は、二つあるイヤフォンのうちの片方を私に差し出している。私は手に取るべきかどうか迷って、思わず聞き返した。

「いいの？」

彼は私のことは見ておらず、何も答えなかった。でもそれが拒絶の意思表示ではないことは明らかで。遠慮して断るという選択肢は、私の中ではあり得なかった。

彼の手から、イヤフォンを摘まみ取る。黒くて、どこにでもあるような、シンプルなデザイン。飾りっ気がなくて、それもまた〝ぽい〟と思った。

とても小さいけど、それは私にとって重要な、彼という存在の扉を開ける、鍵みたいなものだと思った。

彼がいつも身に付けているものを、耳に装着するということに、躊躇いはなかった。普段あんまり仲がいいとも言えない男子と女子。冷静に考えれば抵抗がありそうなものだけど。不思議と今の私には、そういった類の感情はひとかけらもなかった。

彼がスマホを操作する。今度は体をねじったりせず、むしろこちらに少し向いている。私が左耳に装着しているイヤフォンの、もう片方はぷらんと垂れ下がったまま。すぐさま鼓膜を打った音は、何かの〝続き〟だった。

「え？　なにこれ。朗読？」

音ではなく、声だということ。心地のいい声だということ。そしてそれが、何かの情景や、誰かの感情を説明し、表現しているということに、私は驚いた。

今度は、彼がスマホの画面を見せてくれた。

プロの声優による朗読シリーズ。声の主は、高《たか》柳《やなぎ》奏《そう》太《た》朗《ろう》という声優さんらしい。そしてその内容は、読んだことはないけど、タイトルは聞いたことがある小説だった。

「へえ……」

私は聴き入った。すごい。こんなのあるんだ、という未知なる世界に足を踏み入れた、純粋な感動とか。手島孝士という存在の一端に触れることができたという嬉しさとか。ぜんぶ入り交じって、私はイヤフォンを離さなかった。

「この人の声、好きなの？」

「ああ。元々歌手で俳優だったんだ」

「へえ……いいね。ライブとか行ってみたいかも」

彼に合わせたとかじゃなく、本心からそう思っていた。本当に心地いい声だし、生で聴いたらもっといいんだろうなって。

「……もういいか？」

しばらく鼓膜を揺らす優しい声に夢中になっていると、彼がそう促してくる。しびれを切らしたというより、そこに若干の〝照れ〟を感じた。

「ああ、ごめん。占領しちゃって」

もう一個あるんだから、一緒に聴かない？　と言えばさすがに私は痛いやつだ。彼だってそこまで聴かせるつもりはなかっただろうし。しつこいから、仕方なく、という気持ちだったに違いない。

「ありがとう」

私はイヤフォンを外し、彼に差し出した。宙に浮いていた、もう片方を手の中でまとめて。

「いいよ」

柔らかい声だった。彼は胸ポケットにイヤフォンを戻し、口元を緩ませた。

あれ？　今もしかして……笑った？　気のせいかな。

それを確かめようと、彼の方へ顔を向けた。真顔でスマホを触りながら、彼はいつも通りのクールな感じに戻っている。

なんだ、と少し気落ちする。でもやっといい感じに彼と話せたから、この機を逃すまいと会話を続けた。

「でも……何で？　あ、ごめん。聞いていいのか分からないけど」

お礼を言ったり、謝ったり。忙しいな、私は。

「何で？　か……」

彼は考え込んでしまった。ああ、別にそこまで無理して答えなくていいって、と私は焦る。

「小説とか、好きなの？」

答えやすいように、切り口を変えた。するとは、「ああ」とだけ軽く答えた。

「そっか。でも何で、わざわざイヤフォンで聴いているの？　本とかで読むのとどう違うのかなって」

誰だってそう思うだろうし、そこを掘らないのは不自然だろう。彼はまた考え込むそぶりを見せながら、淡々とした様子で答えた。

「そりゃ、知られたくないからだろ」

それはどうやら、彼にとって愚問だったっぽい。でも私はその返答をすっきりと呑み込めず、質問を重ねた。

「え？　何をしているかを？」

彼は片手で身振りを交えながら、力を込めて答えた。

「教室で一人で本読んでるやつって、なんか嫌だろ。なんか賢ぶってるっていうか」

私はそれを聞いて、思わず身を乗り出してしまった。

「いやいやいや。一人でずっとイヤフォンしている人に言われたくないって」

ちょっと失礼なことを言ったかもしれない。でも今の彼なら、それを許してくれそうな雰囲気があった。

彼は面倒くさいと思ったのか、その点については特に反論せず、ふん、と肩をすくめた。

「ああ……なるほどね。小説は読みたいけど、本を読んでるって思われたくないから、イヤフォンで聴いていたってことか。……で、合ってるよね？」

彼は特に頷きもせず、それに……と続けた。

「誰も関わってこないからな。耳を塞いでいると。まあ、ここのところそんなの関係ないってやつが何人かいるけど」

何人か、というのは正確には二人で。もっと具体的に言うと、田島くんと私だということはすぐに察しがついた。

「悪かったね、邪魔して」

私が冗談っぽく言うと、手島孝士は「本当にな」とぶっきらぼうに言った。

なんだろう。彼のそっけない言葉が、胸に沁みこんでいく。それが心地よくて、笑みがこぼれる。

バスに揺られながら、私はその正体を考えた。

そうだ。今まで私の中で作り上げていた手島孝士という像が、記憶として、事実として更新される。それが知ることなんだと思う。同時に、彼の内側に私が少しでも存在するという、安心感というべきか。

交差点でバスが赤信号にひっかかる。もうすぐ目的地に着いてしまうと思い、心が沈んだ。ずっと青信号にならなければいいのに。

「ねえ、手島くん」

彼に声を掛ける。彼は返事をしないが、言葉を待っていると感じた。

でも、言葉が出なくなった。信号が青に変わり、バスが発進する。

ああやばいどうしようとうろたえながら、このままこの時間が続くにはどうしたらいいのかと必死で考える。

バスが左折して間もなく停留所に到着し、手島くんが腰を上げた。

「あ、あの！」

通路の途中で立ち止まり、手島くんが振り返る。彼は曇りのない視線で、私を打ち抜いているように感じた。

「明日も……」

一瞬、言葉が止まってしまった。こうなるともうダメだ。バス全体が手島くんが降りるのを待っている気がして、とりとめのない言葉を投げるしかなくなってしまった。

「……また、明日」

私は気持ちを押し殺すように、笑顔で手を振った。

すると手島くんは、口を開いて何かを言いかけた。でも、言葉は出てこず、軽く会釈をして、そのまま降りていった。もう振り返ることはなかった。


翌日。手島くんは学校を休んだ。

「紗季ちゃん、ちょっといい？」

昼休みに入ると、すぐに田島くんが声を掛けてきた。

「教室で話すのはちょっと……」

私が気まずそうな顔をすると、「じゃ、場所変えようか」と言って田島くんは私を教室から連れ出した。

とことこと彼の後ろをついて廊下を歩く。行き先は図書室だった。

中に入るなり、扉を閉め、冷房の効いた室内で彼は切り出した。

「孝士のことだけど。何か知ってる？　昨日一緒に帰ったんだろう？」

「……何かというか」

田島くんは何かを察したように私に詰め寄ってくる。

「さては……孝士のこと、振った？」

「……はい？」

言っている意味がよく分からなくて、間の抜けた返事をしてしまった。それでも田島くんは真剣な表情で私をじろじろと見つめている。

「だって、休んでるし。昨日まで元気だったのに。変じゃないかい？　彼、ああ見えて学校を休んだことはなかったよね」

「まあ確かにそうだけど……だからって、私のせいってわけじゃ」

思い当たる節は……正直ない。確かに最後に手島くんと関わったのは私だけど。彼が学校を休んでしまうほどの影響を与えたとは考えにくい。

「違うと思うけどなあ……」

田島くんはいまいち納得がいかないという表情で、つかつかと私の隣を歩く。

「ふーん。そうか。でも孝士のやつ、君のこと結構気にしてたからなあ。昨日何かあったんじゃないかと睨んだんだが」

「気に……していた？」

「そう」

正直驚いた。気にしていたのは、私の方だけだと思っていたからだ。

「え。じゃあ、手島くんって、私のこと何か言ってた？」

するると田島くんは不敵な笑みを浮かべて、「それは言えないなあ」と顎をさすする仕草をする。

勿体ぶって……揶揄《からか》われているみたいで少しむっとした表情を見せた私を、田島くんが窘めるように言う。

「冗談だよ。ただ、どう接していいのか分からないって悩んではいたよ」

え……なにそれ。私のこと、扱いづらいって思っているってこと？

「別に……普通にしてくれればいいんだけど」

「普通って？」

「ほら。挨拶とか、世間話……みたいな？」

「ふーん、なるほど。君は孝士と世間話がしたくて、僕に彼と仲良くなってくれって頼んだわけか」

「……違うけど」

「じゃあ、なぜ？」

まるで尋問を受けているみたいに、徐々に追い込まれていく。なんだこれ。なんで私がこんなに問い詰められなくちゃいけないのか。

「……力になりたいから。だって、本当はそんなに悪い人じゃないと思うし。みんなと仲良くなって、もっと楽しく高校生活送ってほしいなって……」

田島くんは私の正面に立ち、「それだ」と顔を指さした。

「別に彼は人気者になりたくてああいう行動をとったわけじゃないし、いい意味で欲がないんだよ。要するに、君に力になってほしいとは思っていないだろうし、周りの人間を巻き込むのも本意ではないんじゃないか」

「え……つまり、迷惑だったってこと？」

そうとしか取れず、しゅんと肩を落とす。すると田島くんは自然に私の肩を叩きながら笑顔を見せた。

「迷惑だなんてとんでもない。彼は喜んでいると思うよ。自分に興味を持ってくれる人がいて。だからこそ悩んでいるだろうし、きちんと向き合いたいと思ってるよ」

「……彼がそう言ってたの？」

田島くんはかぶりを振った。

「いいや。彼が何を考えているかなんて、彼にしか分からないよ。ただ、僕の目からはそう見えるってだけ……そうだ！」

田島くんはポケットからメモ帳を取り出すと、すらすらとボールペンで何かを書き、書いたページをちぎって渡してきた。

「はい、孝士の電話番号。そんなに心配なら、連絡してあげたらいいよ」

「え？　ちょっ。いやいやいや、そんな。急に連絡したら絶対びっくりするって」

「いいじゃん。びっくりさせてあげなよ。孝士、喜ぶと思うよ」

絶っっ対に喜ばない。むしろ怒られそうな気しかしない。でもなぜか私はそのメモを両手で受け取り、しっかりと折りたたんでポケットの中にしまっていた。

「ていうか……委員長って、手島くんと電話とかしてたんだ」

とりあえず話を逸らす。田島くんはニヤニヤしながらボールペンを指先でくるくると回した。

「ラインはしてるよ。彼、意外とマメに返信くれるんだ」

へえ……意外。私の知らないところで、二人がそこまで仲良くなっていたことに驚く。

「どんな内容？」

「それは彼のプライバシーに関わるなあ」

「……言えないようなことやりとりしてるんだ」

ちょっとひねくれたことを口走ってしまった。すると田島くんは私の顔を覗き込みながら、そそのかすような口調で言った。

「誰にだって秘密はある。それを知りたければ、少々の勇気が必要で、犠牲と、痛みを伴う可能性もある。でも僕は、進みたければ進むしかないと思う。扉の鍵は渡してある。あとは君次第だと思うよ」

芝居がかったセリフを述べた後、「そろそろ戻ろうか」と言って私たちは図書室を後にした。

その夜、私はベッドの上でスマホの画面とにらめっこしていた。

急に電話したら……手島くんはどんな反応をするだろうか。

いや……高い確率で、電話には出ない気がする。あれだけ人との接触を嫌っているのに。急に電話なんかかけてきちんと対応してくれるとは思えない。

私は、田島くんにもらったメモ用紙をじっくり見つめながら、スマホの電話帳を開いた。そして、そこに書かれた番号をフリックする。

——手島くん、と。これで登録完了。

ふいに、彼との距離が少し近くなった気がする。彼の連絡先がスマホに入っていると、不思議と気分が高揚するのを感じた。

彼のことを、もっと知りたい。私が今一番抱いている欲求を、少しずつ階段を上がっていくように満たしていく。それは、自分の心の未知なるところへと潜っていく作業のようにも思えた。

その底にある気持ちって——？　分からない。それを確かめるために、私はこうしてコソコソとしているのかもしれない。

ラインを起動する。すると、友達の候補に手島くんのアカウントらしきものが表示されていた。

——いた。これは彼で間違いない。

ここで彼を友達に登録すれば、文字で会話ができる。電話よりはハードルが低い……気がする。

とはいえ、急にラインが飛んできたら驚きそうなものだが……間に田島くんがいるということは大体察しがつきそうな気はする。

私は――実際に送るかどうかの判断はさておき――文面を考えた。

『ごめん。田島くんから連絡先聞いちゃいました。体調は大丈夫かな？』

なんか唐突で、押しつけがましい気がする。

『学校来ないから、心配してるよ』

これならどうか。もっと押しつけがましさが増したような……。

いや、本心だし、実際どうして休んでいるのか気になって仕方ないし。それなら多少唐突でも、その気持ちをぶつけてみるのもアリなのではないか。

しかし――田島くんの言葉が脳裏を掠める。もしも学校に来ない原因が私にあるというのなら、私からコンタクトを取るという行為は明らかに彼の神経を逆なでしているわけで。〝そっとしておいてほしい〟と思われるか、あるいは無視されるという結果に終わる可能性もある。

怖い。でも――私が連絡を取ることで、彼の助けになる可能性だってある。彼の為を思って行動しないと、逆に私が後悔することになるかもしれない。

どうしようかな……。

ベッドの上で横になりながらあーだこーだと悶々としていると、瞼が重くなってきた。いつの間にか意識が薄れていき、私は私の中で手島くんと会話をしていた。

ここはどこだろう……。

揺れる感覚。私の左手は、つり革を摑んでいる。電車の中だ。そして視線の先には――手島くんがドアにもたれ、窓の外を見つめている。

私は彼に歩み寄り、尋ねた。

「今……何考えてる？」

彼は視線を逸らしたまま、返事をしない。

私はもう一歩彼に近づき、声をいちだんと大きくして、続けて尋ねた。

「私のこと……どう思ってる？」

すると、彼がゆっくりとこちらを向き、そのまっすぐな視線が私を貫いた。

その瞬間――ぼやけた意識がゆっくりと晴れていき、私の手のひらからスマホが滑り落ち、ベッドの上を微かに跳ねた。

いけない。寝落ちしてしまっていた。

目をこすりながらスマホの画面を見つめる。ラインの画面を開いたままだ。

あれ？　でもメッセージの入力中だった気がするんだけど……いつのまにか閉じている。

嫌な予感がして、トーク画面を確認する。そして口を手で覆い、愕然とした。

『私のことどう思ってる？』

手島くんとのトーク画面。吹き出しの中のメッセージが、送信済みになっている。しかも……既読だ。

え――!!　やばいやばいやばいやばい。

慌ててメッセージを取り消ししようかと思ったが、我に返って冷静になる。もし今消したとしても、既に読まれているんだから意味がない。その上、消してしまったら余計に意味深になってしまう。

そしてさらに追い打ちをかけるのが、三時間が経過して……返信がないということ。既読スルー。悪く言えば、無視……?

いや、急にこんな変なメッセージを送られたんだから、返事に困っているだけかもしれない。ちゃんと訳を説明しないと。間違えて送信したって。何でもないって。

そうメッセージを打ちかけて、指を止めた。

そして、ふと自分に問いかける。

何でもないことはないし……間違えてはいないよね。

この気持ちは、彼のことをもっと知れば落ち着くのかもしれない。知らないからこそ気になるし、もやもやしたままなのだろう。

しかし、知った結果もっと気になってしまったとしたら……?

私の心の声は、彼に届いてしまった。手元を離れてしまった以上、私にはもうどうすることもできない。ボールは彼の手の中だ。

結局私にできることは何もなく、無情にも朝は訪れた。

それから三日。彼が学校に来ない日が続いた。

こんなに長期間登校できないとなると——それなりの理由があるのだろう。その中に、私のメッセージの件が含まれていなければいいが……。

昼休みの教室で、私はからっぽの手島くんの机を見ながら淡い息を吐いた。

「どしたの？　紗季ちゃん。浮かない顔して」

七海が私の席の傍らに立ち、心配そうに顔を覗き込んでくる。

「……私、浮かない顔してた？」

七海が何度もふるふると縦に首を揺らす。

「してた。すっごく切なそうで、悩んでいるみたい」

七海は私の顔をさらにじろじろと見つめながら、はっとして手で口を覆う。

「……どうしたの？」

「もしかして……」

何を言おうとするのか、おおよそ見当がついた。そして彼女が声を潜める。

「振られちゃった……とか？」

今度は私がかい！　と思わず突っ込みそうになってしまった。

私は七海の顔をじっくりと見つめ返し、きょとんとしている彼女の両肩に手を置いた。

「大丈夫。私は振られていない。そもそも振る相手も振られる相手も存在しないから」

七海はすっきりしない表情で眉を顰める。

「じゃあ、誰のこと考えてたの？」

「誰のことって……」

私が口ごもっていると、相対する七海の視線がふと私の頭上に向いた。

「おい」

背後から声が聞こえて、私は秒で振り返った。

「ぎ……ぎゃっ！」

背の高い手島くんが、険しい表情で私の顔を見下ろしていた。私の情けない悲鳴が教室全体にこだまし、久々に学校に姿を現した手島くんにクラスの注目が集まる。

「行くぞ」

「……え？」

あっけに取られる私をよそに、手島くんはそのまま踵を返し、すたすたと教室から出ていってしまった。

正面にいた七海は、驚きのあまり固まっている。私は彼女のほっぺたをぺちぺちと叩く。

「ごめん。ちょっと行ってくるね」

すぐに教室を飛び出して手島くんを追いかける。廊下を早足で歩いていた彼に、息を切らしながら小走りで追いついた。

どこへ行くのだろう。彼の少し後ろを歩いていると、その答えはすぐに分かった。

学校の中庭に、〝献血にご協力をお願いいたします〟と書かれたボードを持った生徒会の面々が並んでいる。その中に、見慣れた顔がいた。

「やあ、紗季ちゃん。ほら、これ持って」

田島くんは持っていたボードを私に手渡した。

「え？　これって……何するの？」

田島くんは忙しそうに生徒会のメンバーと何やら会話をした後、「来週校内に献血車が来るから、協力してくれる生徒を探すんだよ。僕たちは今から教室回って勧誘してくるから。君たちはここに立って声掛けをよろしくね」と言ってあっという間にその場からいなくなってしまった。

え……手島くんと二人？　気まずっ。

以前もこんなことあったような気が……生徒会室での出来事を思い出すと、ますます気が重くなる。

今は昼休み。中庭の芝生には、木陰になっているところに座ってお弁当を食べている女子たちや、ベンチで話している男子生徒たちがちらほら。しかし、興味を持ってくれる人は誰もいない。

五分ほどぼーっと立っていると、田島くんが戻ってきて珍しく厳しい表情で言った。

「こら。ただ立ってるだけならそこにいる必要ないでしょ。献血の必要性や意義をアピールして、来てもらわないと。引き受けたからにはちゃんとやる。いいね？」

「……はい」

怒られてしまった。半ば無理やり連れてこられた身だというのに……。

手島くんはというと、やっぱり不満げに口を結んだまま雑に献血の案内ボードを持って立っている。

「献血の意義ねえ……必要だってのは分かるんだけど。正直よく知らないまま立たされている感しかないよね」

私がぽつりとこぼす。こぼした相手は隣の手島くんなのだが、気づいてくれているのだろうか？

恐る恐る隣を向くと、さっきと変わらぬ不機嫌そうな表情のまま微動だにしていない。

話しかけた私が間違ってました……。

「え、何やってんの？　おい、献血だってさ」

私たちが立っているところに、ちょっとやんちゃそうな男子生徒のグループが通りかかった。

「おい、お前協力してやれって」「やだよ、血抜かれるの怖えし」「じゃーじゃんけんで負けたやつが罰ゲームで行ってこようぜ」

ボードの前で下品に笑いながら盛り上がっている数人の男子生徒たちを、私は苦笑いしながら見つめていた。

「じゃんけーん」「ほい！」「うわーやだこえーよマジ最悪！　俺体よえーんだから死ん

じゃうって」

負けた男子生徒がふざけながら地団太を踏んでいる。私が「こちらで手続きしますのでどうぞ」と案内しようとすると、その男子生徒は私に向かって笑いながら言い放った。

「冗談に決まってんだろ。行かねーよ」

内心、ちょっとムカッと来た。よく知らないけど……献血だって必要とする人がいるからやっているわけで。その人たちのことを馬鹿にされた気がして。

それでも、勇気がなくて何も言えない私を尻目に——隣にいた手島くんが彼の前に歩み出た。

「来いよ、お前。負けたんだろ？」

突然のことに驚いてしまって、私は固まったまま手島くんの横顔を見つめる。

怒っている？　……けれど、どこか切なそうな空気をまとっている。

「は？　嫌だよ」

男子生徒は半笑いで手島くんに言い返す。すると手島くんは真剣な表情で彼に問いかけた。

「お前、身内に病気のやつはいるか？」

「……いねーよ」

「じゃあ、お前は？」

手島くんはじゃんけんで勝った他の二人にも問いかける。

「いるけど。おじいちゃんが入院してるよ」

一人は、少し驚きながらも答えてくれた。

「癌か？」

「……そんな感じ」

手島くんは今度は軽く頭を下げながら、彼らに訴えかけた。

「だったら、協力してくれ。献血された血液の殆どは、怪我じゃなくて病気の治療に使われる。でも長期間の保存ができないから、常に新しいものを必要としている。なんとなくでもいい。罰ゲームでもいい。今ここで献血してくれれば、お前のおじいちゃんみたいに病気で苦しんでいる人が救われるんだ」

にぎわっていた中庭が、しんと静まり返る。

私は瞬きするのも忘れて、隣にいる手島くんの懸命な表情に見入っていた。

この感じ、どこかで覚えがある。そうだ。電車の中で子供に救命措置をしているときの彼――と、同じ顔をしていた。その言葉ひとつひとつに、彼の運命を背負っているような、強い説得力を感じた。

手島くんが、はっと我に返ったように私の顔を見つめる。私はたぶん、ぼーっと彼の顔にみとれていたのだと思う。すぐにぷいと顔を逸らして、また元のクールな表情に戻ってしまった。

どうする？　という感じで戸惑いながら顔を見合わせている男子生徒たち。私はせっかく手島くんがあそこまで気持ちを出してくれたのだから、と勇気を振り絞って声を掛けた。

「お願いします。私もするので……協力していただけませんか？」

しかしたまたま通りがかっただけで、はなから献血する気などなかったのだろう。私に向かって首を横に振った生徒を先頭に、彼らはさっさと校舎の中へと入っていってしまった。

結局それから何人かの生徒に声を掛けてはみたが、同意説明書を持って帰ってくれたのは数人。それももともと定期的に献血をしてくれている人だけだった。

「まあ……急に声を掛けて血を分けてくださいって……なかなか難しいよね」

私がぼやくように言う。かく言う私も、今まで自主的に献血をしたことがあるかと言えば、興味すらなかったというのが本音だ。

すると、手島くんは表情を曇らせ、ぽつりと呟いた。

「さっきは偉そうなことを言ったけど……俺も同じだ。結局誰も救えないんだよ」

「……え？　どういうこと？」

私が戸惑っていると、教室での勧誘を終えた田島くんが近寄ってきて、手島くんの肩を叩いた。

「二人ともお疲れ。孝士、体調は大丈夫かい？」

手島くんは首を横に振ってため息をついた。

「別に。普通だよ」

「……あれ？　君たちなんか余所余所しいな。何かあった？」

「べ、別に。ちょっと疲れてるだけだよ」

「……だったらいいけど。ところで紗季ちゃん、今週の土曜日は空いているかい？」

嫌な予感がする。

「……また生徒会の手伝いか何か？」

と聞き返すと、田島くんは満面の笑みで手島くんの背中を叩いた。

「良かったなあ、孝士。紗季ちゃんも来てくれるって」

「……え？　どういうこと？」

すると、手島くんが怪訝そうな表情を田島くんに向ける。

「おい。お前と二人で行くとしか聞いてねえぞ」

「たった今三人になったんだ」

「……お前、最初からそのつもりだったな」

何やら揉めている。何が何だか分からずにおろおろしながら「何の用事なの？」と田島くんに尋ねると、手島くんと肩を組みながら答えた。

「河川敷の夏祭りだよ。いやあ、良かったな。孝士」

誰も行くとは言っていないのだが……私の中に断るという選択肢が存在するはずもなく。

ただただ急に訪れた手島くんとの再会と、降って湧いた未来に酔いしれる。私はだれにも聞こえないように、胸の奥に鼓動を閉じ込めた。

「おー！　可愛いじゃん」

待ち合わせ場所の公園前広場で、普段とは違う装いの私の姿を見つけた田島くんは、目を丸くしながら歓声をあげた。

私は恥ずかしさのあまり顔を伏せながら、「そう？」と平静を装う。

彼の隣にいる手島くんは、どんな顔をしているのだろう。指の間に食い込んで痛い下駄の鼻緒を見つめながら、心臓の爆音とともに彼の反応を待った。

「な、似合ってるよな」

見かねた田島くんが水を向けてくれる。視線を逸らしたまま仏頂面をしていた手島くんが、ゆっくりと私の方を向く。

私は、この日の為に新たに浴衣を買ってもらった。

白地にパステルブルーの花柄。濃紺の帯。最寄りのショッピングセンターでずっと気になっていたやつで、とにかく可愛いし、そんなに高くないからと、父にねだって買ってもらった。

準備は待ち合わせの二時間前から。行きつけの美容院で着付けとヘアメイク。髪をアップにして、普段はあんまりしないお化粧もした。

どうしようか。何にしようか。悩みに悩んだ数日間は、すべてこの瞬間の為。

田島くんの言葉は、素直に嬉しかった。でも普段から裏表のない彼の反応は、「きっとこう言ってくれるはず」と、ある程度予想していたものだった。

しかし、手島くんはどうだ。全く予想がつかない。無視される、というケースも起こりうると覚悟はしていたが、意外にも彼はすんなりと口を開いた。

「……何で下駄?」

思わずのけぞりそうになった私の下駄の裏が、日中の陽差しの熱が残る歩道の敷石をカラン、と軽やかに打つ。

「何でって。浴衣と言えば、下駄……じゃない?」

手島くんは怪訝そうな視線を私の足元に向ける。

「だって、歩きにくくないか」

「……歩きにくいよ」

「足、痛くないか」

「……痛いよ」

「だったら何で?」

とても真剣に尋ねてくる彼と、この姿を彼に見てもらいたくて必死に準備してきた私の温度差がえげつないことになっている。

「……孝士。素直に言ってやれよ」

見かねた田島くんが肩でこづく。

「なんだよ、素直にって」

「本当は可愛いって思ってるんだろう？　テンション上がってるんだろう？　まったく。彼女を見てみろよ。誰の為にここまで準備してきたと思ってるんだよ。空気読めない男だな」

「……悪かったな」

「……え？」

「……空気読めなくて」

「いやいや、別にいいって」

……謝られてもな。自分では笑顔を返したつもりだったんだけど、胸の奥ではしょんぼりしていたのがつい表に出てしまっていたのか、田島くんが「おい、落ち込んでるじゃん」と手島くんを咎める。

「お前が言ったんだからいいだろ」

手島くんが、そう口にした。トゲのない口調で。

私はすぐに脳内で会議を招集した。彼の言った内容は、彼の感想は田島くんと同意見だという意味にとれる。つまり、可愛い――と。

「そうじゃなくて。ちゃんと言ってあげないと」

「もういいって。とりあえず行こ」

田島くんを制して、私はこの通りから続く河原の入り口へと彼らを促した。

私の心は、沈んではいなかった。むしろ、彼の苦し紛れともいえる一言で、たやすく高揚していた。

私が彼に求める言葉のハードルは、著しく低い。彼のそうしたニュアンスが少しでも私に伝われば、納得し、心地よくなった。さっきまで痛んで憎々しく思っていた鼻緒のことも忘れて、軽快に下駄を鳴らしながら歩き始める。

夕暮れ前の河原のステージでは、バンド演奏が始まっている。周辺の出店は人でごった返していて、私たちははぐれないように縦に並んで進んだ。

「何か食べる？」

私が男子二人に問いかける。

「孝士、何がいい？」

田島くんが今度は手島くんに尋ねる。

「今そんなに腹減ってねえな」

「違う。食べるか食べないかじゃない。何を食べるのかって聞いているんだ。もう一度聞くよ。何がいい？」

「……お前は何がいいんだよ」

「僕は君に合わせてあげるよ。君の食べたいものが、僕の食べたいものって認識で構わないよ。さあどうする。何が食べたい？」

「……うぜえ」

なんだこれ。全然決まらない。

「あっ、私りんご飴食べたいです」

お祭りっぽいもの。こういうときでしか食べられないものを、どうせなら。

「いや、今飯食いたいんだけど」

手島くんが眉を顰める。さっき特にないって言ったじゃん！　あるじゃん！

「ああ、そう。じゃあ、何にする？」

「……カレー」

「ええ……それはちょっと」

「嫌なんじゃねえか。ほら、こうなるから言わなかったんだ」

「まあまあまあ」

田島くんが間に入ってきて、ぱんぱんと手を叩く。

「こうしよう。みんなで同じものを食べる必要はない。それぞれが食べたいものを買ってきて、あそこの時計台の前のベンチに集まろう。いいね？」

初めからそうすればよかったような気が……。とはあえて口には出さず、「了解。じゃあまた後でね」と手を振って私は歩きだした。

少しすると、お目当てのりんご飴の屋台を見つけた。行列ができている。

「おい」

スマホをいじりながら順番を待っていると、背後から手島くんの声がして、気を抜いていた私は思わず「ひい」と悲鳴をあげた。

「そんなに驚くなよ」

「ごめん。で、どうしたの。カレーは？」

「なかった」

「え？　あるじゃん。あっちに」

確かカレーの屋台はここに来るときに見かけた。そっちの方を指さして身振りで伝える。

手島くんはばつが悪そうな表情を浮かべた。

「鶏が食えない。だから無理」

「……チキンカレーしかないってこと？」

「ああ」

なんか怪しいなあ。とにかくカレーは食べたくなくなったらしい。

「田島くんは？」

私のところじゃなくて、先にそっちに行きそうなのに。そのへんの事情は、すぐに分かった。

「あ……捕まってるねえ」

カレーの屋台の隣にあるたこ焼きの屋台の前で、クラスの親衛隊に包囲されている田島くんを見つけた。

それで、行きづらくなってこっち来たってことか。いや、それぐらいなら別に気にしそうにないけど。

「いらっしゃいませどうぞー！」

私たちの番が来た。屋台のおじさんが威勢よく案内してくれる。

「……でっか。これ、半分にしたやつとかないんですか」

「うちは丸ごとだけだよ！」

「えー……」

悩む。価格四百円とまずまず良心的なんだけど、一人では到底食べきれそうにない。

それでも……食べたい。どうしよう。私はりんご飴を目の前に、固まってしまった。

「これください」

「え？」

屋台のおじさんに声を掛けたのは、隣にいた手島くんだった。お金を払い、飴を手に「行くぞ」と私を促して列から離れていく。

「……なんで？　カレー食べたかったんじゃなかったの？」

集合場所のベンチに座り、手島くんに問いかける。

「……食べたかったんだろ？　残りは俺が食うから、好きなだけ食べろよ」

「あ……ありがとう」

私はその瞬間、食べたかったりんご飴をやっと手にできたということよりも、思いがけず……と言っては失礼になるんだろうけど、手島くんが示してくれた優しさに胸を打たれて、体が心地よい熱を帯びていた。

なんでだろう。誰にでもこうしてもらって嬉しいわけじゃない。彼だから。手島くんだから、嬉しい。

途端に彼の顔を見るのが恥ずかしくなる。自分の顔が熱い。ああだめだ、どうしよう。

「早く食わないと溶けるぞ」

私が固まっていると、手島くんがそう促す。

「いや、アイスじゃないんだから。じゃあ、頂きます」

表面にコーティングされた飴の部分を、少しだけ口を開けて齧る。パリッとしていて、甘くておいしい。この部分をこうやって食べるのが好きで、子供の頃からお祭りでは必ずりんご飴を買っていた。

「あ……でも、もうおなかいっぱいかも……」

しかし、数口齧ったところで、案の定あまりのボリュームと甘さで胃がもたれてしまった。

「はい、どうぞ」

ひょいと上目遣いで手島くんにりんご飴を手渡す。

「おい……あと全部食べるのかよ」

恐る恐るりんご飴を受け取る手島くんの様子がなんだかおかしくて、思わず笑ってしまった。

「どうぞ、遠慮なく。ていうか、もともと手島くんのだし」

じろじろと飴を見つめながら困っている様子の手島くんが、なんだか可愛らしい。くるっと飴を回して、私が齧っていない部分に、慎重に歯を立てた。

「何その食べ方。ねずみじゃないんだから」

私が少し揶揄うように言うと、手島くんが不満げに答える。

「お前、ほとんど表面の飴しか食ってねえじゃねえか。ずるいだろ」

「ごめん。あとはどうしても食べられなくって」

時計台の灯りが、手島くんの横顔を照らし出す。下駄は地面を踏んでいるはずなのに、宙に浮いているような感覚がある。

こうやってお祭りで、二人きりで手島くんと会話していられるのが、すごく楽しい。何日も前から、ずっとずっと楽しみにしていた。だからこそ、何気ない会話がとても貴重で、永遠に保存しておきたいほどに儚くて。暖かい夜の風が浴衣を揺らす中、私は静かに胸の深い深い場所に熱を感じて、今この瞬間を噛み締めている。

この場所に、私を連れてきたのは、私だ。くつくつと静かに燃え、私を動揺させ、勇気を与え、行動させる大きなエネルギー源がここにあるということ。

分かりやすく言うと……恋だ。きっとそうなんだろう。

私と手島くんの視線も、足並みも、揃ってはいない。隣にいて、同じ時間に、同じ空気を吸って、同じりんご飴を分け合っている。まだ、それだけだ。

手島くんは、どんな気持ちなんだろう。

人の心は見えない。

でも、仕草とか、態度や行動で伝わることはある。言葉というもっとはっきりとした手段でも。

何を思ったか、私は彼に対して、そうしたいという衝動に駆られていた。それはこの場の雰囲気に流されてとかじゃなく、少しずつ積み重なった、質量のある感情から来ていた。

「ねえ、手島くん」

りんご飴を手放した私は、手持ち無沙汰な指先を遊ばせながら、声を震わせた。

手島くんは、黙ったまま首をこちらに向ける。

「あのメッセージのことなんだけど……」

心臓が不安と興奮を心の奥底から押しあげるように、爆音でわめいている。私は自分を奮い立たせるように浴衣の袖をぎゅっと摑んで、もう一度声を絞りだした。

「もう一度ちゃんと聞くね。私のこと、どう思ってる？」

ピンと来ていないのか、手島くんはひと呼吸置いて、聞き返した。

「どう……って？」

「うん。なんていうか……手島くんにとって……私はどんな存在なのかなって」

ついに言ってしまった。しかし、手島くんは眉根を寄せながら「どういう意味だ？」と呟く。

「嫌われているんじゃないかって。無理してないかなって。心配になることがあるっていう、意味で……」

私は、こうして手島くんの傍にいてもいいのだろうか。彼の迷惑になっていないだろうか。それは自分の気持ちよりも、大切なことだと思っていた。

「無理って……」

手島くんはそう言葉にしたあと、続けて何かを言いかけて、すぐに口をつぐんだ。そうしてもう一度私の顔をちらっと見ると、今度は立ち上がって背中を向けてしまった。

「えっ、どこ行くの」

焦って声が裏返ってしまう。その反応って、私の聞きたくない答えを伝えているようなものじゃん。

すると、河原の方面へ歩き始めた手島くんが急に立ち止まる。

慌てて腰を浮かせた私が目をやると、三十代くらいの女性が手島くんに声を掛けていた。

「あの。さっきカレーの列でお姿をお見掛けして。もしや……と思ったのですが。うちの子を助けていただいた学生さん……でしょうか？」

この方、どこかで見たことがあると思い、猛スピードで記憶を掘り起こす。

電車の中――そして、インタビューに答えていたスマホの中。あの人だ。

「違います」

手島くんは、走り出していた。

私はすぐに反応できず、申し訳ない気持ちで女性に会釈をし、慌てて浴衣の裾を押さえながら必死で走りにくい下駄を転がした。

「ちょっと。待ってよ！」

彼は河原の人ごみをかき分けて、薄暗い土手まで逃げていた。

やっと追いついた私は、息を切らしながら彼のシャツの裾を摑む。

「ねえ、何で？　お礼が言いたかっただけなんじゃない？　逃げることないでしょ？」

私は、怒っていた。いくらなんでも、それはないと思ったから。彼に対して、感情的に声を荒らげた。

「違う」

「何が。逃げたじゃん。あの人の気持ちになってみなよ。ずっとずっと捜してたんじゃないの？　その気持ちに応えてあげるくらいできるでしょ」

「違うって言ってるだろ！」

それは、聞いたことのない声だった。

背中を向けている手島くんがどんな顔をしているのか、分からない。でも、きっと怒っている。こっちを向いていたら、私を睨んでいたに違いない。

私は血の気が引いて、どうしようもなく切なくなって。波が押し寄せて一気に引くみたいに、感情が込み上げて、とめどなく熱い涙が頰を伝った。

私がすすり泣く音が、夜風に溶けて消えていく。

「俺が本当に助けたかったのは……」

手島くんは、髪を手でくしゃっとしながら、消え入るような声で、確かにそう呟いた。

「あの……取り込み中悪いんだけど。唐揚げ棒、三つも買っちゃったんだ。ひとついるかい？」

声の主は、田島くんだった。気まずそうに私と手島くんを交互に見ながら、手島くんの肩をぽんと叩く。

「……いつからいたの？」

「うーんと……君たちが追いかけっこしているところからかな」

幸い、その前のシーンは見られていないらしい。ほっとしていいのかどうか分からないけど、私は気持ちを落ち着かせるように、大きく息を吐いた。

どうして私は、あんなに感情的になったのだろう。彼が無神経だと思ったから？　でも、落ち着いて考えてみれば、この数週間で知った彼は、わけもなくそんなことをするような人ではない。

じゃあ、なぜ？

疑問が次々と湧いてきて、胸の中で鳴り響く。

そして、最後に彼が言いかけた言葉を思い出す。

本当に助けたかったのは――。

私は胸が痛くなった。あんなに切なそうな手島くんの姿と、そんな言葉を引き出してしまった自分を思い出して。

「何があったか知らないけどさ。もうすぐ花火始まるから、これ食いながら仲直りしなって」

田島くんがカリカリの唐揚げ棒を差し出してくるが、今はそんな脂っこいものを食べたい気分ではない。

私が無言で首を横に振ると、田島くんは手島くんを連れて離れていった。

……二人で何か話している。その間に私は涙を袖で拭って、走ったせいで少しズレてしまった浴衣の帯を直す。

花火は、あっという間に終わってしまった。

今日という一日を、後から振り返ってみれば。エモくて、絵になる。そんなシーンになるはずだったのに。

私は考え事が頭を常に行き来していて。遠くの空から鳴り響く炸裂音や、必要以上にあたりを照らす眩しい光を、ただの騒音や邪魔に思うどころか、記憶にとどめておくことすらできなかった。

「二人とも、今日はありがとう。じゃあ、また」

お祭りがフィナーレを迎え、私たちは現地解散することになった。

田島くんが、手島くんに何かを耳打ちする。そして、田島くんが「今日は楽しかったよ。

帰り気を付けてね」と言って帰っていった。

　私の隣には、手島くんがいた。

「お前のこと、送っていけって。行くぞ」

　ああ、なんか気を遣われているかも。でも、今に限っては、その気遣いはないほうがよかったかもしれない。

　歩き始める手島くんの少し後ろを、私は視線を下げながらついていく。次第に祭りの灯りから離れ、心もとない街灯に照らされた車道沿いの薄暗い道を、ただただ無言で進んでいく。

　信号で立ち止まる。私はそれでも、手島くんの横には立てなかった。

　目の前を行き交う、車の音。それが途切れたわずかな時間に、彼が私を振り返ることなく声を掛けた。

「さっきは怒鳴って悪かった」

　落ち着いた声だった。彼の横顔を覗くと、ばつが悪そうに視線を落としている。

　そうか……私と同じように、盛大な花火の灯りに包まれる中、彼もずっと自分と向き合っていたのかもしれない。

「気にしてないよ」

　そんなはずはないのだけれども。彼に気を遣わせるのが嫌で、ついそう答えてしまった。

　そして、沈黙が訪れる。永遠に思えるほど深い時間の中、不安が私の胸を鈍く打つ。

「俺、本当は……もっとお前に言わなくちゃいけないことがある」

そう切り出した彼の声は、震えていた。

彼が私に隠していること。思いつめた表情を見ていると、聞くのが怖くなってくる。

街灯が照らす交差点。誰もいない世界の片隅で、ここにだけスポットライトが当たっているみたいに、暗くて眩しい、二人の空間。

私はその続きを待ち続けたが、途切れた言葉は――繋がることはなく。

交差する方向の信号が点滅し始めて、彼が口をつぐんだまま小さく首を横に振った。

「聞かせてよ」

心の端に溜まった感情の中から、一番切ない部分が、言葉となって零れ落ちる。

「いや、なんでもない……」

私は一歩前に進んで、彼の左手を掴んだ。

少しごつごつしていて、でも温かい手だった。

「……知りたい。あなたが何を考えているのか。どんな人なのか。たとえ私が……どれだけ傷ついたとしても、構わないから」

もう十分に伝えた。伝わってしまったに違いない。私は自分の心を見せる恥ずかしさやためらいを、彼に対する想いが凌駕して、ここに至ったことを実感していた。

しかし――彼が私の手を握り返すことはなく。信号が青に変わる。

私たちは動かなかった。やがて――無情にも信号は点滅し、再び赤に変わってしまう。

彼はそっと手を離し、私の目を見ることなく言った。

「お前を人殺しにはしたくないんだ」

彼は、それから私を最寄りの駅まで送ってくれた。それ以上何も語ることもなく。私たちは電車に乗り、そっと別れ、歩いた。

家に帰った私は、静かに浴衣を脱ぎ捨てると、彼が聞かせてくれなかった言葉と、唯一彼がくれた言葉の意味を何十通りも考察しながら、いつもよりも深い深い眠りへと沈んでいった。


「おはよう」

夏休みが終わり、最初の登校日。私は教室に入るなり、手島くんの机に向かい、笑顔を見せた。

お祭りの日以来、私たちは特に連絡を取り合うこともなく。だからあの夜、私の取った行動が彼にどんな影響を与えたのか知る由もなかった。

実質、友達からの進展を図ろうとした女子を振ったみたいなもんなんだし。しかも同じクラスで当面は教室で顔を合わせるってことも考えたら、少しはフォローがあってもよさそうなものだけど。

とはいえ手島くんの性格的に、私から連絡をしない限り、何か意思を示したり行動を起こしてくれることはない……気はするし。そんなに気にする必要もないのかなとも考えたけど。

　いくら考えてもしんどくなる一方で。だったら、新学期初めに元気に挨拶をして――その反応を見てまた考えよう。そう決めてからは、いくぶん心も軽くなった。家事をしたり、宿題をしたり、友達と遊びに行ったり、それなりに夏休みを謳歌したといってもいい。

　そして、ついにこの日がやってきた。しかし、気分は決してよくはない。自信のないテストの答案が、返ってくる感じに似ている。それでも、自身の行動が招いた結果をなかったことになどできないし、目を逸らすことはしたくなかった。

　手島くんは、教室の隅の席で、いつものようにイヤフォンをしていた。

　聞こえなかったらまずいし、かといってあんまり大きな声を出してクラスのみんなの注目を集めるのも嫌だから。彼の目の前に立って、さりげなく。なにも反応がなければ、そのまま通り過ぎることができるように。

　しかし――私が四文字の言葉を発してから、間髪を容れずといってもいい。手島くんは片手で両耳のイヤフォンを外し、顔を上げ、目じりを下げながら私の視線をまっすぐに捉えた。

「久しぶりだな」

　え？　あまりに自然な笑顔と言葉に、一瞬誰と話しているのか分からなくなった。

「う、うん。お祭りの日以来だから、元気にしてたかなって」

「お前こそ……連絡ねえからさ。まあ、忙しいんだろうな、とは思ってたけど」

そうだったのか……。こっちはあんなことがあったから、しつこいとか思われるかなって気を遣ってたのに。

ていうか、気にしてくれてたのかなと思うと、戸惑いながらも、顔がにやついてしまう。

「別に忙しくなかったよ。むしろ時間ならたっぷりあったのにな……」

「そうか。だったら……勿体なかったな」

え……それって……私と過ごす時間が取れたのに――と受けとってもいいのだろうか。

寡黙《かもく》で無愛想だった手島くんと、普通に会話が弾んでいるこの状況はちょっと意味が分からないけど……とにかく、心拍数は上がっている。心地よい熱が、脈を打ちながら全身を巡っている。

気が付けば始業時間ギリギリまで、ずっと手島くんと話し込んでいた。ホームルームが始まる直前に慌てて自分の席に戻り、授業が始まる。

授業中、私は手島くんの方を何度か見た。今までもチラッと見てはいたけど、今日は何度か目が合った。ただそれだけで、この胸には収まりきらないほどの幸せを感じた。授業中なので微笑むわけにもいかず、そっと目を伏せる。

しかし、ふと我に返る。

夏祭りのあと、信号のある交差点で。私は彼に想いを分かってほしくて、手を握ったことで伝えたつもりで、その結果……彼は私の手を握り返してくれることはなく。はっきりとしたことは分からないままだけど、振られたつもりになっていた。

それなのに、どうして彼は私に優しくしてくれるのだろう。

もう一度、彼の表情を覗き見る。彼は今度は目が合わないうちに、そっと視線を落とす。

あの日まで私の前にいた手島孝士は、無愛想な人間を演じていたのだろうか。

それとも、今私の前にいる人間が、素直に私のことを受け入れてくれる、私の知らない手島孝士を演じているのだろうか。

そして、あの言葉の意味。私を人殺しにしたくないって――どういうことなのだろうか。

握っただけで、全く動かないシャーペンの先。漫然と見つめる黒板に、その問題を解く公式など書かれているはずもなく。

……当の本人に聞くしかない。そう決意したところで、あっという間に昼休みを迎えた。

「ねえ、紗季ちゃん。手島くんと何かあったの？」

「え？」

昼休みに入ると、やっぱり朝のホームルーム前に話し込んでいたのが目立っていたのか、隣の席の女子二人が興味深そうに声を掛けてきた。

「いや、別に。ちょっと話すようになったから」

「え～、絶対付き合ってると思った。だって紗季ちゃん、ニッコニコだったもん」

「違うって！」

私が慌てて否定していると、いつの間にか手島くんが私の目の前に来ていた。

「おい、中庭行くぞ」

「あ……うん」

　隣の女子二人組が、文字通り目を丸くしている。私はそれ以上彼女たちの反応を見るのがなんだか怖くて、急いで席を立って手島くんの後を追いかけた。

　廊下に出ると、手島くんは立ち止まって私のことを待ってくれていた。廊下を歩いているほかの生徒たちの視線を気にしながら、私たちは横に並んで歩き始める。

　ついてきたのはいいんだけれど……現実感がない。こうなったらいいなってずっと願望として持ち続けていたことなのに、急に現実のものとなると、受け入れるのに準備ができておらず……頭の中が混乱している。

　私は窓の外をきょろきょろと見ながら、必死に話題を探す。

「い、いい天気だね」

「どこがだよ。今にも雨が降りそうじゃねえか……」

　確かにあたりはどんよりとしていて、遠くの空はアッシュブルーにくすんでいる。

「そ、そういえば。スタバの新フレーバー出たんだって！」

「お前、俺がコーヒー飲めないの知ってるだろ……」

「あ、そうだった」

　やばい、めっちゃ空回りしてる。ゆっくりと歩いてくれる彼の横顔をちらちらと見る。

彼は、時折笑顔を見せてくれていた。

手島くん……笑うんだな。こんな風に。

見たことがない彼の一面に出合えて、嬉しくてそわそわする。

隣を歩く手島くんを、少し視線を上げて見つめる。

彼の手が、すぐそばにある。

また触れたい。握りたい。今なら、握り返してくれるかも。そんな期待が衝動へと変わり、指先を軽く曲げながらもじもじする。

ダメだ。こんな顔見知りだらけの、人通りが多すぎる場所で。こうして並んで歩いているだけで視線を感じるのに、手を握って歩くだなんて……。

勝手に脳内で一人で大騒ぎしていると。中庭へと行きかけた私の手を、手島くんの手が唐突に、少し強く摑んだ。

え……本当に？

「ちょっと購買寄ってパン買うから」

「あ……うん、分かった」

方向転換を促すと、すぐにぱっと離れた手。少し汗をかいていたのかもしれない。じわりと残る彼の手の感触と、ぬくもりの余韻。

購買の列に並んでパンを買っている彼を、後方でそっと待つ。

さっきのは何。すんなりと手を握るなんて。ある程度好意がないと、絶対にしないよな。

ある程度？　ある程度でいいのか。どの程度なのだろうか。

悶々としている私に、お気に入りのパンを無事にゲットして戻ってきた彼は、「待たせたな」と上機嫌で微笑んだ。

購買から離れて渡り廊下を歩きながら、私の中ではこの幸せを噛みしめたい気持ちと、急に優しくなった彼にそうなった理由を問いただしたい気持ちがせめぎ合っていた。

嬉しいけど……やっぱり気になる。絶対に何か理由があるはず。

中庭に着くと、日陰になっているベンチを見つけて並んで腰かける。

すぐにパンに齧りついた手島くんは、「そういえば」と怪訝そうな顔で切り出した。

「賢太郎のやつ、勝手に俺らを臨時生徒会役員に推薦して、承認されたらしいぞ」

「えっ、何それ」

「前任が夏休み前に転校したんだとさ。ったくあいつも学校も何考えてんだ」

空いた枠はひとつなのに何で私たち二人ともなんだろう。まあそこは田島くんがうまいこと言ってどうにかしたんだろうけど。

「だから俺らも、週一で委員会に出ろってさ。めんどくせえ」

そうか。でもそれなら、授業以外でも手島くんと一緒に過ごせる時間が増える。

胸に心地よい温もりが広がる。しかし同時に、どうしても以前の彼と今の彼のギャップが心に引っかかる。

「ねえ」

黙々とパンを齧る彼の横顔を見つめながら、意を決して声を掛けた。

い。

「なんだ？」

心拍数が急上昇する。今なら、このタイミングなら。さりげなく……聞けるかもしれない。

そう思って勇気を振り絞ったが……柔和な笑顔を向けてくる彼を見て、思わず言葉をひっこめた。

「ええと……よかったら、お弁当作ってこようか？」

「……マジか。でもいいのか？　朝も忙しいんだろ？」

「そんなことないよ。一個作るのも二個作るのも同じだから」

私は自分の弁当箱を膝に置き、食べ始める。違う。私が聞きたいのはそういうことじゃない、と胸にもやもやを抱きながら。

「そういえば、悪かったな」

「な、なにが？」

「……祭りの日」

どきりと胸が鈍く跳ね、思わず身構えた。

「い、いいよ別に。私こそ、ちょっと気持ちが先走りすぎたというか……何ていうか」

手島くんは不思議そうな顔をする。

「気持ち？　りんご飴、せっかくくれたのに気づいたらなくしちゃって、ちゃんと食べなくてごめんって話をしてるんだが」

「そ、そっち？」

思わず大きくため息が漏れる。核心に触れるのかと思ったのに。安心したような、肩透かしを食らったような、複雑な気持ちになった。

そして、「それなら気にしてないから」と精いっぱいの笑顔でかぶりを振った。

「また食べに行こうな」

「なに、りんご飴？」

手島くんは首を横に振り、優しい口調で言葉を添えた。

「いろんな場所に。お前の食べたいものを食べたり、お前の行きたい場所に行ったりな。俺はそれを楽しみに生きてくから」

「生きていくって……そんな大げさな」

空全体を包み込む灰色の雲の向こうに、すりガラス越しのようにぼんやりと太陽が浮かんでいる。雨が降りそうな気配と、湿気を纏う生ぬるい空気を肌で感じる。

「大げさじゃねえよ」

そう言って手島くんが顔を背ける。笑っているのかなと思ったら、その瞳はどこか切なそうに遠くを見つめていた。

その表情は、祭りの夜――交差点で並んだときの手島くんを思い起こさせた。

やっぱり――何かおかしい。どこか無理をしているように感じられるし。彼の挙動は、私に知られてはならない、重大なことを隠すためのように思えた。

「夏休みの間――私と会っていない間に。何かあったでしょ」

胸にため込んでいた言葉を、不穏な空気に耐え切れず、ついに彼に突きつける。

明らかに手島くんの顔色が変わった。しかし、すぐに取り繕うような微笑を返した。

「何言ってんだよ。何もないって。ずっとお前に会ってこうやって話したくて、ちょっと舞い上がってたのかもしれないけど……」

彼はさらっと嘘をつけるほど器用じゃない。それが本当の言葉じゃないのは、明白だった。

「じゃあ……私を人殺しにしたくないって、どういう意味だったの？」

食べかけのパンを手に、言葉に詰まる。

しばらく逡巡したのち、「深い意味はないよ」と薄く笑った。

「じゃあ、どういう意味？　深い意味じゃないなら言えると思うけど……」

彼は何かをごまかすように、「ああ」と呟いて、顔を逸らす。

その瞬間。ふと、彼の首元に視線が吸い寄せられた。

何か、濃い赤茶色の斑点のようなものが出ている。ほくろにしては大きいし、目立っている。

「どうしたの、それ。首元の」

手島くんはまた笑顔を張り付けたように口元を緩めた。

「ちょっと肌が荒れただけだ。気にすんな」

それはなんだか、あらかじめ用意されていた言葉のように感じた。気にするなと言われても、その特徴的な痣には何か深刻なものを感じずにはいられなかったからだ。

病院には……皮膚科には行ったのだろうか。

「それより、今度一緒に行きたい場所があるんだ」

そう言ってスマホの画面を見せてくる。丘の上の公園。最近できた植物園などの写真が並んでいた。

一緒に行きたいのはやまやまだけど……彼がこれで何かをごまかしているような気がして、正直とてもそんな気にはなれない。

ふと時計を見ると、授業の五分前だった。私たちはベンチの上を片付け、とりとめのない話をしながら、中庭を離れ、渡り廊下を歩いた。

昼休みの終わるギリギリの時間に教室に帰ってきて、私たちはそれぞれの席に着く。私は少し焦りながら次の授業の準備をしようと机の中に手を入れて、はっとした。

中に、何かが入っている。恐る恐る取り出すと、折りたたまれたコピー用紙だった。紙を広げる。そこには綺麗な字で、『放課後体育館裏に』と書かれていた。

えっ……と私は絶句した。これはもしかして……あれだよね。

……手島くんかな？　と思い彼の方を見たが、冷静に考えてみれば彼は昼休み中はずっと私と一緒にいたんだし、これを入れることは不可能だ。田島くんなら……こんな回りくどいことはしないだろう。他の仲の良いクラスメートにしても、同様だ。

だったら、他の誰か？　思い当たる人が浮かばず、胸の動悸ばかりが加速していく。

午後の授業が始まっても、ずっとそのことで頭がいっぱいだった。

ホームルームが終わり、私の席に手島くんがやってきた。

「行くぞ」

そう言って私のことを迎えに来てくれたのは、初めてだった。些細なことだけど、嬉しくて頬が緩む。

でも、私は断らなくてはならない。色々と気味が悪いし謎が多すぎだけど……この手紙を書いた人物と、向き合う必要があると感じたからだ。

「ごめん。ちょっと用事あるから、今日は先に帰ってて」

「……何の用事？」

「約束があったんだ。ほんと今日だけだから」

ちょっと不満げだったけど。渋々納得してくれたようで、鞄を背負いなおす。

「じゃあな」

そう言って、彼の大きな手が私の頭をぽんと包む。

「あ……じゃあ……ばいばい」

中途半端に肘を曲げて手をフリフリして、彼を見送る。

私の顔は、きっと真っ赤だったに違いない。周りに人もいるのに。様々な疑念や不安は心の底にあれど、やっぱり彼にこうして接してもらって嬉しい気持ちは隠しようがない。

彼が教室を出ていったのを確認して、私は鞄を手に席を立った。

体育館裏へは、グラウンドを横切って歩いていかなければいけない。少し長い道のりを、そわそわしながら進んでいく。

目的地に到着したが、まだそこには誰もいなかった。フェンスの向こうの国道から車の音が聞こえてくる。近くに生い茂る木々にいる虫の鳴き声が、あたりを包んでいる。

誰がここにやってくるのだろう。私はそわそわしながら待った。

五分ほど経ったとき。体育館の陰から、誰かが私を覗き見てきた。そして、周囲に誰もいないことを入念に確認して、私のもとに歩み寄ってくる。

その人物には……生徒には、見覚えがあった。それもそのはず。彼女は隣のクラスの……富田さん。富田自由だった。

「どうしたの？　こんなところに呼び出して」

彼女と話すのは、以前体育の時間に手島くんのことを聞きに行って以来だ。

中学校のときに、手島くんにいじめられていた――そう証言していた子でもある。

私の言葉を無視して、彼女は私の胸倉を摑み、鋭い目で私のことを睨んだ。

「あんた……こーちゃんになんてことしてくれたのよ。この人殺し……人殺しめ！」

怒りに満ちている彼女の目に、大粒の涙が溢れ、頬を伝う。

どういうこと――？

戸惑いとともに、私の脳裏で再生された、手島くんの言葉。

〝お前を人殺しにはしたくない〟

私は知らなかった。彼には、まだ私には見せていない扉がある。

それは、最も重くて頑丈なものだったに違いない。

鍵を持っていた富田自由という女の子は、私に対する敵対心を原動力に、その扉を目の前で開けてみせた。

第2章

この恋は、俺を殺すかもしれない。

「この人殺し……こーちゃんのお母さんを返しなさいよ！」

病院の待合室に響き渡る、幼い声。赤いランドセルを背負ったまま、医者に殴り掛からんばかりの勢いで、泣きじゃくりながら罵声《ばせい》を浴びせる自由の姿。

白衣を着た初老の先生は、沈痛な面持ちで、力なく首を横に振っていた。

翌日。緊急手術の甲斐なく――手術台の上で息絶えた母の亡骸が、俺たちのもとへと戻ってきた。

俺はあいつみたいに、先生に怒りをぶつけることはなかった。むしろ、目の前で突然倒れた母を助けることができなかった――何もできなかった自分を、許せない気持ちでいっぱいだった。

もちろん、当時小学四年生だった俺を責める大人はいなかった。

周りの大人たちも、救急隊員の人も、手術をしてくれた先生も――誰も母を助けることはできなかったのだから。母の死は、いわゆる〝不幸〟だと、そう言って大人たちは俺を慰めてくれた。

隣に住む幼馴染の自由も、俺のことを責めてくることはなかった。むしろあいつは、俺の為に先生に対してあれだけ怒ってくれていたんだと思う。その気持ちは痛いほど伝わってはいたのだけれども……あのときの俺には、自分以外の人の気持ちに寄り添ったり、報いたりする余裕など、全くなかった。

母は、幼い俺にいつも言っていた。

「自分の為だけじゃなくて、誰かの為に生きられる大人になりなさい」と。

母は、優しい人だった。

常に周囲に共感し、誰かを笑顔にするのが生きがいで、実際にそのように行動をしていた。パート先のお弁当屋さんに何度か足を運んだことがあるけど、母がお店の人やお客さんといつも楽しそうに会話していたのを覚えている。

自慢の母親だった。そんな母が、夕暮れまで公園で遊んでいた俺と自由を迎えに来たときに突然倒れ――亡くなった。

死因は、大動脈《だいどう みゃく》解離《かいり》。

発症すれば、短時間で死に至ることも多い恐ろしい病だった。事実母は、病院に運び込まれた時点で既に心肺停止の状態だった。

しかし、もし発症してすぐに迅速な救命措置が行われていれば――あのとき、母を助けることができたかもしれない。

それ以来俺は、あの日の後悔をずっと背負いながら生きてきた。同時に、その想いは俺を突き動かす原動力になった。

小学生の間に独学で救命処置について学び、消防署や日本赤十字社が開催する講習会にも参加し、中学生のときには救急法救急員の認定証を取得した。

やがて、俺には目標ができた。救急救命士になることだ。

寡黙で仕事人間の父に似て無口で人見知りな俺は、母みたいに友達がたくさんいたわけじゃないけど……これなら母が俺に言っていた〝誰かの為に生きる〟という言葉を、実践できる。

中学生になると、陸上部に入って長距離走に励んだ。個人で県大会の決勝にも残り、駅伝ではエースとしてチームを引っ張った。そして、救急救命士になるために必死で勉強もした。塾には通っていなかったけど、成績は常に学年の上位をキープしていた。

必死にやっていれば、自然と周囲も俺のことを認めてくれる。

部活の仲間たちには信頼され、合宿では共に汗を流し、雑魚寝《ざこね》した宿舎では将来の夢や、恋の話もした。最終日の花火ではっちゃけたことは忘れられない思い出になった。

自由は同じ中学校だったけど、同じクラスになることはなく。あいつは吹奏楽部だったから、放課後も顔を合わせることは少なかった。それでも、たまには俺の家に遊びに来て母に線香をあげて、近況を話すなどの関係は続いていた。

そんなとき——俺の運命を変える出来事が起こった。

中学最後の大会に向けて練習に励んでいた、秋のこと。練習中に突然息苦しくなり、休むことが増えた。症状はだんだんと重くなり、軽い運動をしただけでめまいや激しい動悸に襲われるようになり、父に連れられて病院へ行った。

最初は、貧血だと診断された。しばらくの間鉄剤やビタミン剤を処方してもらって過ごしたが、症状は一向に改善されなかった。

不思議に思った俺は、父と一緒に大きな病院を何軒か回った。早く治さないと――最後の大会に間に合わなくなる。焦りはあった。

しかし、突き付けられた現実は、あまりにも無情なものだった。

とある病院で何度か精密検査を受けたのち、父が同席した診察室で、医師はその結果を告げた。

「息子さんは――〝恋滅症〟である可能性が高いでしょう」

父の顔色が変わる。俺も、その病名に聞き覚えがあった。

「まさか……うちの息子がかかるなんて――何万人に一人の奇病ですよね？」

恋滅症――ここ数年、世界で症例がいくつか確認され、メディアに取り上げられて話題になっていた。この病気を題材にした書籍やドキュメンタリーも制作され、世間の認知度は高いと言っていい。

その理由は――恋をすると死に至る、という特殊性にあった。

「現時点で治療法はない――と聞いていますが……うちの息子はどうなるのでしょうか」

父が戸惑いながら尋ねる。先生はカルテをめくりながら淡々と答えた。

「病名だけが独り歩きしていますが……実際には運動など興奮状態になることが引き金となり、中枢神経系に異常が起こる病気です」

医師は椅子を回し、机上のカルテに目を通す。

「今のところ、所謂ステージ１と言われる段階です。発熱や動悸などの初期症状は出ていますが、日常生活に支障をきたすことはないでしょう。しかし、これから先ステージ2に至ってしまうと、多臓器不全を起こし、生命維持が困難になっていきます。そうなるともはや進行を遅らせたり苦痛を取り除いたりする対症療法しか残されていないのが現状です」

「発症しなければ、孝士は生き続けることはできるんですか」

父が食い下がる中、俺はただただ黙って話を聞いていた。

「おっしゃる通り、ステージ2へと至るきっかけとなる〝発症〟がなければ日常生活を送ることは可能です。しかし、発症の引き金となる行為を避けなければいけません。例えば――激しい運動や、大きな声を出すこと。そして一番危険なのが――〝恋愛感情を抱くこと〟です。運動などと違い一気に発症してしまうリスクが極めて高いといえます」

「もし発症したら、どのくらい生きられるんですか？」

父が固唾をのみながら尋ねる。

「どれだけ対症療法が有効かによって個人差はありますが、症例によると――早くて半年、長くても一年以内には亡くなるケースが多いです」

先生の無情な宣告が、俺の胸に重く響く。

恋をすれば、死んでしまう――。

しかし、当時の俺にとって残酷だったのは――恋ができなくなるということよりも、仲間とともに目指す中学最後の大会や……何よりも母の為に誓った救急救命士になるという夢を、この病気のせいで人生から排除しなければいけないということだった。

「分かりました」

俺は診察室で、その一言だけを放った。父はどうにか治療してくれないかと懇願していたが、俺はすべてを受け入れると決心した。

なぜなら、すでに俺は陸上部の練習に参加できなくなっていたし、メンバーからも外され、疎外感を抱いていた。仲間たちは俺を気遣ってくれていたけど、俺は自暴自棄になって、彼らとの接触を絶つようになった。

学校には行くけど、クラスメートとは一切会話をしなくなった。

特に警戒していたのは――女子だ。もし誰かを好きになってしまったら、俺は死んでしまう。そのことを知った自由は、隣に住んでいたが、俺と顔を合わせることをしなくなった。母に線香をあげに家には来るが、俺がいない間を見計らうようになった。

目標も、夢も。人生において楽しみなことも。全てを禁じられた俺は、どんどん自分の殻に閉じこもるようになった。

誰かに話しかけられるのが億劫《おっくう》で、授業中以外はひたすらイヤフォンをし、高柳奏太朗による小説の朗読に没頭するようになった。周りが俺に関わりにくくなると同時に、周囲の雑音が遮断され、興奮とは無縁の没入感に、ゆっくりと肩まで浸ることができたからだ。

決して納得はしていない。でも、そうせざるを得ない。俺の人生は、そうやって進んでいくものだと決まってしまった。救急救命士になるという目標に向けて頑張っていた勉強も、さっぱりやる気が起きなくなったが、一、二年生のときの内申点のおかげで隣町の普通科の高校に合格することができた。

もちろん、何もやる気が起きない俺にとって、高校は今までの延長線上に過ぎなかった。幸い中学から一緒の同級生は少なく、同じ高校に進学していた自由もクラスは別々になった。

俺は病気のことを考慮した結果……あえてクラスメートに嫌われるような行動をとり続けた。暴言を吐いたりすると問題になって面倒なことになるので、さりげなく感じの悪い態度や行動を積み重ねることにした。

挨拶をしない。お礼を言わない。無視する。

母が俺に望んだ生き方とはまるで正反対だな、と何度も自分を嘲《あざけ》った。でも仕方ない。若くして死にたいと思うほど悲観的にはなっていなかったし、むしろこのような生き方の方が性《しょう》に合っているんじゃないかとすら思い始めていた。

入学して一か月。

俺は狙い通り、周囲に誰も寄せ付けず、教室内で聞こえる様に堂々と陰口を言われるようになった。

その内容は、あることないことさまざまだった。俺が中学で札付きの不良だったとか。補導されたとか。どこからそんな噂がたったのか分からないが、むしろ俺には好都合だった。

これでいい。

誰も俺のことを知らない環境で、誰とも関わらず、将来の夢や目標もなく。ただ淡々と毎日を消化していく。

死なないように、生きていく。

俺の高校生活はそうやって過ぎ去っていくはずだった。

しかし、五月に入ったある日の朝、事件は起こった。いつものように通学の電車に乗り込んだ俺は、イヤフォンをつけてドア横の壁に背中をもたせかけていた。

電車が発車して数分。同じ車両のボックス席の方から、母親らしき女性の悲痛な叫び声がこだました。

必死に子供の名前を叫ぶその様子に、周囲は騒然とした。

俺はイヤフォンを外し、目を凝らした。母親が抱きかかえているのは、五歳くらいの男の子だ。顔は真っ青で、唇は色を失っている。

車内には、様々な声が飛び交っていた。車内に医療従事者はいないか。車掌に連絡を。しかし、誰一人その子に救命措置を施そうとする者はいない。

俺は――内心躊躇っていた。ここで俺が行動を起こせば、俺自身が築きつつあった〝理想の環境〟が壊れるかもしれない。俺は良い人になってはいけない。誰かに好かれると、人が関わってくる。人との関わりが生まれると、俺も誰かのことが気になってしまうかもしれない。

しかしそんな恐怖心は、胸の中から聞こえた母の声によって、すぐに打ち消された。

「誰かの為に生きられる大人になりなさい――」

車内の非常ボタンを押そうとしている人が目に入る。それを押すと、電車が止まり、搬送が遅れてしまう。これも講習で習ったことだ。

「押すな！　電車が止まる！」

考える間もなく、俺は叫んでいた。そして人をかき分けて親子のもとへ近寄った。

「救急法救急員の認定証を持っています」

パニックになっている母親にそう告げると、「本当？」と目を潤ませる。

母親の手から男の子を受け取り、呼びかける。

「聞こえるか？」

しかし、反応はない。肩を叩いても同じだ。

すぐ近くにいた男性に「救急車を呼んで、駅のホームからすぐに病院に搬送してもらってください」と声を掛ける。

車掌に任せると、伝達がうまくいかずホームで待機されていなかったケースがあったらしい。電車の中にＡＥＤは設置されていないから、この間にできる限りの救命措置をし、救急車に次の駅のホームで待機してもらい、着いたと同時に搬送してもらうしかない。

子供を床に寝かせて、胸骨圧迫と人工呼吸二回のセットを、絶え間なく繰り返し行う。

胸の真ん中に手のひらの付け根を重ね、しっかりと体重をかけて圧迫を行う。これを三十回繰り返す。次に気道を確保し、鼻をつまんだまま一秒かけて息を吹き込み、胸が膨らむのを確認するのを二回。これらのサイクルを、駅に着くまで絶え間なく繰り返す。

何度も救命講習を受けてきたおかげか、頭の中は冷静で、体は驚くほど迷いなく動いた。

いつの間にか車掌が近くにいたが、俺は救命措置を止めることなく続けた。

そして、間もなく駅に到着するというタイミングで——子供に反応が戻った。意識はまだ朦朧《もうろう》としているが、呼吸はしっかりできている。

電車が駅に入線したが、まだ救急車は到着しておらず、ＡＥＤを抱えた駅員が車内に飛び込んできた。

駅員は子供を抱えていたのが高校生だったことにはじめは目を丸くしていたが、俺が「意識がなかったので、胸骨圧迫と人工呼吸を行い、つい先ほど呼吸が戻りました」と伝えると、「分かった。よく頑張ったな、ありがとう」と肩を叩いてねぎらってくれた。

子供は駅員の手に渡り、やがて救急車のサイレンが聞こえてきた。

車内はまだ騒然としていた。駅のホームには野次馬が集まり、ごった返している。

ふと俺は——車内を見渡した。

同じ車両の奥の方に、見覚えのある顔があった。同じクラスの——塚本。塚本紗季だ。

焦った俺は、すぐに人ごみの中に紛れ、その場から立ち去った。一度こうしてしまえば、俺があそこにいた痕跡はもうない。改札で定期をかざし、足早に学校へと歩いた。

あの子供は、どうなったのだろうか。呼吸は戻ったし、重篤《じゅうとく》な状態は脱したはず。

その心配に加え、もうひとつの不安が俺の胸を埋め尽くした。

よりによって同じクラスの女子に見られるなんて――。しかも塚本は俺がもともと〝警戒〟していた女子で、同じクラスの中で一番の〝要注意人物〟だった。

理由は、いくつかある。

まずあいつは、俺と通学ルートが同じだということ。同じ駅で、いつも彼女のことを見かけていた。向こうも以前から俺のことは間違いなく認知していただろう。今後も、登下校中に話しかけられたりする可能性はある。

そして彼女は、俺がどれだけ周囲に嫌われるような行動を努めても、俺のことを避けないどころか、一向に態度を変えなかったということ。他のクラスメートに対するのと同じように俺に接し、悪い噂話にも加担しない。

あいつは、俺のことが怖くはないのだろうか。むしろ不思議でしょうがなかった。

もともと気になっていた――といえるし、俺の命を脅かす危険な存在であることは間違いない。だからこそ、特に警戒していた。

しかし、よりによって塚本に――あの現場を見られてしまった。

もしこれが喧嘩をしていたとか、万引きをしていたとかならよかったかもしれない。もちろん、俺は他人を傷つけたり迷惑を掛けたりするつもりは微塵もないからそんなことはありえないが。これがきっかけで彼女に好印象を与えてしまったら――接点ができてしまうかもしれない。

もし彼女が関わってきたら、何としても離れなければいけない。

しかし次の日から――その心配は現実のものとなった。

朝教室に入ると、すぐに視線を感じた。この教室の中で、俺の存在を気に留める人物はいない。席に座る前に顔を上げて教室を見渡すと、クラスの女子たちと談笑している塚本紗季が、俺のことを見ていた。

やはり――まずいな。もし話しかけられるようなことがあったら、どうする？

正直、俺の胸は痛んでいた。

俺の悪口を言っているクラスの女子にどれだけ冷たい態度を取ろうが一切気にしないが、彼女に対して同じように振舞うのはどうも気が進まない。

しかし――距離を縮められると、離れる必要がある。同じクラスである限り、どこかで接点があるかもしれない。

電車での出来事から一週間後。

朝起きてスマホを見ていると、ポータルサイトのトップに〝電車で人命救助、お手柄高校生はどこへ？〟という見出しを見つけた。

詳しく見てみると、電車内で子供の命を救ってもらった母親が、名乗らずに去っていった高校生にお礼を言いたがっている、という内容だった。

――完全に、俺のことだ。

しかも、その記事はテレビでも全国ニュースになっていた。動画に映っていたのは、あの日俺が助けた子供と、母親で間違いなかった。

まずいことになった。しかし、これだけ全国で話題になっているのに、高校生の正体が俺だという事実は広まっていない。

まだ誰にも気づかれていない。彼女——塚本紗季を除いて。

その日の学校で、昼休み終わりに教室に戻ったときに、外へ出ようとした女子とぶつかりそうになった。

彼女は謝ろうとしてくれたが、俺はあえてそれを無視し、自分の席へと向かった。

一瞬、クラスの注目を集めてしまい、焦りが全身を巡る。

しかし、すぐに声の大きい女子たちによる俺の陰口が聞こえてきて、内心ほっと胸をなでおろした。

この感じだと、クラスメートにもあの件はバレていない。ということは——塚本紗季は、誰にも本当のことを話していないということだ。

俺はイヤフォンを耳につけ、いつものように音を流し始めた。

こうすることで、周囲の雑音を遮断できる。いくら言われ慣れているとはいえ、陰口は決して気持ちのいいものではない。自分から仕向けといて耳を塞ぐなんて矛盾している気がするが、すべては仕方のないことだと胸の中では納得している。

五限目が始まる時間になり、塚本紗季と談笑していたクラスの女子たちが自分の席へ戻っていく。

俺はイヤフォンをつけたまま、彼女の存在に神経を研ぎ澄ませていた。

彼女は今、何を考えているのだろうか。

彼女の存在は俺の生死に関わる重要な問題であり、気にならないはずがない。可能なら背中に目を付けて監視したいぐらいだ。

ふと我に返ると、いつの間にか先生が目の前にいて、授業が始まる。

イヤフォンを外し、今一度気を引き締める。不真面目で愛想の悪い、嫌われ者の男子生徒を演じることに、俺は意識を集中させた。

放課後。俺は下校するために、荷物を持って校舎を出て校門を潜った。

最寄り駅まで徒歩十五分。いつもならその程度で着くのだが、俺はここ数日——いや、あの電車の出来事以来、敢えてバス通学に切り替えていた。

目的は明確。塚本紗季と、下校ルートや駅、電車内で遭遇しないためだ。

そうしないと、彼女は俺に〝あの日のこと〟を尋ねてくる気がしたからだ。彼女が俺を区別したり忌避したりしない性格であることを考えれば、なおさらそうしないと危険であることは間違いない。

思惑通り彼女と遭遇することなく、無事に自宅の最寄り駅に到着し、自宅へと歩く。

「あら、お帰りなさい」

自宅の前を歩いていると、庭にいた隣の家の——自由のお母さんに声を掛けられる。

「あ……こんにちは」

ただいま、と言うのは何だか気恥ずかしさがあり、余所余所しい言葉を選んで会釈をする。自由のお母さんは、俺の母親が亡くなって以来、ずっと俺のことを気に掛けてくれている。小さい頃は出張で家を空けることの多い父の代わりにいろいろと世話を焼いてくれたりもした。

「高校生活はどう？」

洗濯物を取り込んでいた彼女は、心配そうに俺に問いかける。

「……普通です」

俺は本当に恩知らずで、自分本位な人間だ。俺の病気の事情を知っている自由のことを警戒しているわけではないが……やはり人と深く関わることに強い抵抗を感じてしまう。俺は彼女の心配を素通りするように、玄関に入って靴を脱ぎ、リビングのソファーに深く腰を下ろした。

父は不在だ。もともと仕事人間ではあったが、会社で〝偉く〟なるにつれ、どんどん家にいない時間は増えていった。

授業参観だとか、運動会だとか。任意で参加できる学校行事に来てくれることはほとんどなかったが、俺はそこに不満を抱いたことはなかった。

父が何を大切にする人であるかを理解する機会が十数年の人生で十分にあり、その邪魔はしたくないという気持ちが強かった。もちろん、俺が病気かもしれないと相談したときは、必死で病院を探し回ったり治療法を模索してくれた姿も見ているから、俺に対して無関心であるわけではないし、むしろ忙しいなか一人で俺をここまで育ててくれたことに関しては感謝の気持ちしかなかった。

リビングの隅にある仏壇で、写真の中の母が微笑んでいる。

母に会いたくなることは、未だにある。もしも今生きていたら——と考えることも。そして、今の俺の姿を見て、どう思うだろう、と想像することも。

きっと怒るだろうし、情けないと叱るだろう。たとえ病気だろうが、そこから目を背けるような生き方をしている俺は、母に顔向けできるはずがない。

でも、俺は母のように強くはない。自分のことで精いっぱいで、誰かの為に生きる余裕なんてない。

誰かの為に——か。

もし塚本紗季が、そのように考えることができる人間だとしたら、今の俺にとっては厄介な存在だ。

夕食は、棚の中にあったレトルトのスープと、パンで済ませた。父は、今日も帰ってこない。

何度も乗り越えてきた、広い家の中での、長い夜。

俺は警戒すべき彼女のことを頭の片隅に置きながら、静かに夜を越えていった。

しかし、危惧していたこととは別に、新たな厄介ごとができた。

田島賢太郎。生徒会役員であり、学級委員長であるあいつが、急にしつこく俺に絡んでくるようになったことだ。

奴は教室の空気を遮断していた俺のイヤフォンを躊躇なく引っこ抜き、休み時間になるたびに俺の席にやってきた。どれだけ無視しても、それは続いた。

何が目的だ？　俺と話したがる理由はなんだ？

正直、はじめは不信感しかなかった。しかし、何度も話しかけられるうちに、奴に対して抱いていた警戒心が、俺に対して興味をもってくれているという安心感へと変化していった。それも、裏表のないあいつの人間性のおかげだと思う。

「やあ、手島くん。友達を苗字で呼ぶのはあまり好きじゃないから、孝士って呼ぶよ。いいかい？」

ある日、あいつは俺にそう告げた。どうやら俺は、勝手に友達に認定されたらしい。しかし、それも悪い気はしなかった。

その頃、事件が起きた。昼休みに廊下を歩いていると、トイレの前で一人、塚本紗季が立っているのが見えた。

何か話しかけられたらまずいと思った俺は、早足になり、露骨に彼女を避けるように進路を変えた。

危なかった。これでいい。彼女と関わると危険であることは間違いない。しかし――そのはずなのに、なぜか胸が痛んでくる。

こういった出来事は、今回が初めてではない。彼女が俺に視線を向け、何か関わりを持とうとしていることには気が付いていた。しかしそのたびに、俺はこうして距離をとり、接触を避けてきた。

葛藤はあった。なぜ俺は、塚本紗季を……彼女を傷つけるような行動をしているのだろうか。

俺が避けるたびに、塚本紗季はどんな顔をしていたのか。想像するだけで自分が嫌になる。

あいつがどんな人間なのかは知らない。でも、周囲の人間との関わり方を見ていると、大体分かってくる。それは、俺が母のことを見ていて、彼女がいかに他人を大切にしているかを感じたのと同じように。

俺は目的もなく廊下を歩き、階段を下りた。人目につかない、一人になれる場所を探していた。

辿り着いたのは、校庭の隅の体育館裏。

周囲に雑草はなく整備されているが、座れそうな場所がない。フェンスの向こうは交通量の多い国道になっていて、車のエンジン音が伝わってくる。

植樹された大きな木の下に入ると、樹木の匂いと、虫の鳴き声と、涼しい風を感じる。

こんなに人が寄り付かない場所にも、目的のないスペースにも、誰かの手が入っている。誰かが目的をもって仕事して、整えて……。そんな場所に、俺は居座っている。

ただ人を傷つけて、嫌われることだけが俺の存在価値なのだろうか。病気を言い訳にして、母や塚本紗季のように他人の為に生きることから、逃げているだけじゃないか。

ネガティブな言葉が何度も心の中に反響して、血液に溶けて全身に行き渡っていく。

空はこんなに広いのに、俺はだらしなく下を向いて。自分の影だけを見つめていた。

「何してんの、こんなところで」

驚いて、顔を上げた。眼鏡をかけ、長い髪を結んだ女子生徒が心配そうなまなざしを向けていた。

「お前。つけてきたのか」

「……そういうつもりはなかったけど。たまたま見かけたから。なんか様子おかしかったし」

学校でこいつと会話をするのは、ほとんど初めてだった。小さい頃は毎日のように一緒に遊んでいた仲だったのに。

「……もう俺には関わらないって言ってたろ」

俺がそう口にすると、自由は少しむきになった顔をして口を尖らせた。

「電車の件、大丈夫だよ。絶対にこーちゃんだって気づかれないようにしておいたから」

そうして、今度は口の端に笑みを浮かべる。

「……変な噂流したの、お前だろ。俺が暴力事件起こしたとか、万引き常習犯だとか」

自由は困惑した表情を浮かべた。

「だって、こーちゃんが人気者になっちゃうと、困るじゃん。女子に好かれて、悪い虫がついて……そしたら」

その先は、あえて言葉を濁す。言わなくても意味は伝わるだろうと思っているのか。

「大げさだな。ほっといても人気者になんてならねえよ。お前は昔からおせっかいすぎるし、やり方が強引だからな」

俺が呆れると、自由は眉を八の字にした。

「大げさじゃない。私はこーちゃんに死んでほしくないだけ。だから今まで話しかけてこなかったし、関わらないようにしてたでしょ？」

その気持ちはありがたいが、そこまでしてくれと頼んだ覚えはない。

「だったらなんで、今こうして話しているんだ？　矛盾してるだろ」

自由の顔つきが変わる。目を見開いて、俺に一歩近づき、真顔のまま俺の顔を見上げてくる。

「悪い虫……いるんでしょ。私が叩き潰しておいてあげようか？」

「お前、どこまで知ってるんだ」

ころころと表情が変わる自由は、今度は無邪気に笑いながらくるりとスカートを翻す。

「こーちゃんのことなら、何でも知ってるよ。こーちゃんの悪口を言いふらすついでに、どこで誰と何をしたのかって、情報を集めているから。そしたら、クラスでこーちゃんに話しかけようとして自爆してる女がいるって耳にしたから、ね？」

悪口……か。こいつは昔から、目的の為なら手段を選ばないところがある。

「とにかく、もう俺のことは気にするな。別に俺は誰かを好きになることはないし、そんな行動を起こす気もない」

自由は首を強く振り、俺の袖を摑んだ。

「駄目。その気はなくても、人の気持ちってそっちに流されちゃうんだから。どれだけ理性で逆らおうとしても、どうしようもないときがある。それが恋でしょ」

「……恋？」

そうして、自由は顔を赤らめてぷいとそっぽを向く。

「言っておくけどな。俺が勝手に病気を理由にして人と関わらないようにしているだけで、積極的に誰かを傷つけたいとは思っていないぞ。だから、もう俺に構うな」

自由は、開き直ったように冷たい視線を俺に向ける。

「私は、誰のことも傷つけてはいないよ。その人たちが、勝手に自分を責めて追い込んで、傷ついているだけ。だから私は今こーちゃんが言ったことを気を病んだりしないし、今までの行動を後悔したりしない。それが私。こーちゃんもそれくらいの気持ちでいないと、この先困るよ？」

言っていることは分かるが……筋が通っているようで結局自分の都合のいいように解釈しているだけじゃないか、とため息をつく。自由は昔からそうだ。はじめはクラスの男子の間で可愛いって話題になったりするが、一度決めたら考えを曲げずに突っ走る性格からトラブルが絶えず、結局孤独になってしまう。

「とにかく。あの子に構っちゃダメだし、どれだけそっけなくしても自分を責める必要はないからね。あの子が勝手にやったことで、勝手に傷ついているだけなんだから」

そう言って、自由は振り返ることなく校舎の方へと歩き去っていった。

あいつ……エスパーか。幼馴染なだけある。だが、あいつの手のひらで転がされるつもりはない。

昼休みが終わり、俺は何ごともなかったかのように教室に戻り、授業を受けた。

塚本紗季は、なんだか落ち込んだ顔をしていた。

今までは俺の振舞いのせいで怒る人間はいても、あそこまで露骨に傷つくパターンはなかった。

自由の言葉を借りれば……塚本紗季が〝自爆〟しただけなのだが、やっぱり俺は、どうしようもなく心が澱《よど》んでいくのを感じた。

それから数日後の昼休み。俺は賢太郎に学食に誘われ、「塚本紗季のことをどう思っているのか」と聞かれた。

その瞬間に、俺はいろいろと察した。急に賢太郎が俺に絡んでくるようになったこと。ときどき教室で、賢太郎と塚本紗季が俺をチラチラと見ながら話していること。薄々そんな気がしていたが、改めて男だからと賢太郎に気を許してしまったことを後悔した。

そして、ついに恐れていたことが起きてしまった。

賢太郎に頼まれて生徒会の行事の手伝いをすることになったのだが、そこに——なぜか塚本紗季もいた。

どうやら仕組まれたらしい。そしてあろうことか賢太郎は生徒会室から離れてしまい、塚本紗季と二人きりで過ごす羽目になった。

はじめは怖くて、とにかく警戒していた。もしこれをきっかけに彼女と親密になってしまえば、恋滅症を発症し、早ければ半年——長くても一年以内に命を奪われてしまう。

もちろん、彼女はそんなことは知らない。

生徒会室という密室で、初めて面と向かって接した塚本紗季からは——緊張しているのが伝わってきた。しかし、俺の緊張はそれ以上だった。

もしも彼女が黙っていれば——なにもしなければ。会話も交わさず、ただ無機質に時間だけが過ぎ、いずれ賢太郎が生徒会室に戻ってきて、淡々と業務だけをこなして終わっていただろう。

しかし、塚本紗季は明らかに俺との関わりを求めていた。

これまでも彼女は、ずっと俺のことを気に掛けてくれていたのだろう。もうこれ以上彼女のことを無視して傷つけたくない——と、俺の中で、一枚の壁が崩れた。

生徒会室で、バスの中で。少しずつ重ねていく彼女との会話の中に、俺は自分の存在意義を見つけていた。

自分のことを知ってほしいと思い、イヤフォンを片方渡した。嬉しそうに朗読を聴いている彼女を見て、胸の高鳴りと、安心感を覚えた。

それが身の危険を知らせるサインだとしても。だんだんと構わなくなっていった。

塚本紗季のことを考えると、心地よくて、苦しい。

この気持ちの正体は、すぐに体の変調となって現れた。

バスでともに下校をした夜。微熱とともに、息苦しさと、動悸を感じていた。

これはもしかして――。

不安に思い、先生から処方してもらっている薬を飲むと、その症状はやがて治まった。

少し、彼女と――塚本紗季と関わりすぎたのかもしれない。その上、俺は彼女のことを知りすぎた。

彼女に興味が湧いてしまった。それは長い目で見れば〝失敗〟と言えるのかもしれない。

薬でどうにか落ち着いている間に眠ってしまおうと、俺は早めに布団に入った。

目を瞑り、彼女との会話を思い返すたびに、心臓が鈍く鼓動を打つ。

何も考えまいとすればするほど、彼女のことが浮かんでくる。

駄目だ……このままじゃ、まずいかもしれない。

この病気は一度発症すると、投薬で症状を一時的に抑えることはできても、進行を止めることはもうできない。

俺がここで立ち止まらないと、取り返しのつかないことになってしまう。

――落ち着こう。とりあえず、明日は学校を休む必要がある。

俺はまだ十六歳だ。一時の気の迷いで、人生に終止符を打つわけにはいかない。

目を瞑り、彼女の存在を脳裏からかき消そうともがいた。

やがて意識が途切れると、次の瞬間には朝だった。

今日は学校を休むと父親に伝えた。俺が学校を休みたいなんて自分から言い出すのは、小学校から通して初めてだったから、少なからず驚きはあったに違いない。

「分かった。安静にしておけよ」

父は端的にそう答えて、仕事に向かった。

俺は部屋のカーテンを開けず、そこから一歩も出ることなく、読書に没頭して一日を過ごした。

学校を休んだこと。あいつら――どう思うんだろうな。

時折浮かんだのは、賢太郎と、塚本紗季のことだった。

それと――自由。あいつのことだから、関わってくるようなことはしないだろうけど……心配はするかもしれない。

しかし、何のことはない。

たとえ俺がいなくても、世界は平常だ。誰に迷惑をかけるわけでも、悪影響を与えるわけでもない。

学校が下校時刻を過ぎたであろう頃。賢太郎からラインが飛んできた。

『どうした？　まさかとは思うけど、風邪でもひいたのかい？』

俺が病気以外の事情で休むことは、こいつの頭にないらしい。

俺はすぐに返信を入力して、送信した。

『風邪だ。このことはあいつには言うな。以上』

俺はすぐさま、なぜそんな内容を送ってしまったのかと我に返った。

もちろん、風邪などひいていない。しかし、病気であることに間違いはない。

これじゃまるで、休んだ原因が塚本紗季との関わりにあると――彼女に遠回しに知ってほしいみたいだ。

内容を省みている間に、すぐさま賢太郎から返信が来た。

『分かったよ。色々あるんだね。彼女には僕の方からフォローしておくから』

案の定、誤解を招いている。あの内容からして、そう捉えられても仕方はないが……完全に墓穴を掘ってしまった。あいつ、塚本紗季に言わなきゃいいが……間違いなく言うだろうな。その前にどうにかしないと。

その後、賢太郎からまたメッセージが来ていた。

『紗季ちゃんに孝士の電話番号教えておいたから』

え？　なぜ？　どうしてそんな余計なことを？

あいつなりに気をまわした結果なのだろうが……事態は恐ろしい方向へと進んでいる気がする。

塚本紗季が、俺の連絡先を知ってしまった。それだけで、彼女との距離が……バスで隣に座ったあのときのように、急速に縮まったような気がした。

学校にさえ行かなければ、塚本紗季との接触は避けられる、という俺の考えは甘かった。

しかし……まさかいきなり連絡してくるようなことはないよな。

でもよく考えれば、電話には出なければいいわけで。メッセージだって……見なければいいのに、それが人間というものなのか。俺は彼女から連絡が来てないか、過剰に気になるようになってしまった。

何度もスマホをチェックしたり。これじゃまるで、連絡を待っているみたいだ。

夕食は家にあるもので適当に済ませ、寝支度だけをしてベッドに潜り込んだ。

明日は学校に行かないとな。

今日一日休んだことで、症状は治まった。多少の懸念はあれど——このままずっと部屋に閉じこもって卒業を迎えるわけにはいかない。

眠りにつこうと、部屋の灯りを消す。

しかし、その瞬間。スマホに通知が来た。

俺はとっさに、手探りでスマホを取り、内容を確認してしまった。

その内容は、俺を現実へと引き戻し——帰ってこられない場所へと一気に引き込んでしまうような、そんな力を持っていた。

『私のことどう思ってる?』

俺はすぐにラインを閉じ、布団を頭から被った。

既に動悸が激しくなり、息苦しさも増している。

くそ、と俺は悪態をつき、自分のこの体を呪った。

体が熱を帯びてくる。俺はベッドから抜け出し、薬を飲み、再び横になった。

しかし……なかなか落ち着くことはできなかった。このまま発熱すれば、俺はもう戻ってこられないのかもしれない。

塚本紗季の笑顔が、脳裏に浮かんだ。

あいつ……こんなメッセージ送ってきやがって。俺のこと、気になってたって……そういう意味だったのか？　いやいや……これじゃ、そうとしかとれないじゃねえか。

少しずつ冷静になって、脳内で錯綜《さくそう》している感情と情報を整理し……考えた。

いや、これに別に深い意味はない。

俺があいつにそっけない態度をとるから、自分が嫌われているのか、迷惑なのか、知りたかっただけじゃないか。

あいつの性格的に、その可能性が高い気がする。

俺だけじゃなくて、みんなに対してもそうだ。あいつはいいやつで、別に俺という存在が特別ってわけじゃない。

だからこそ、連絡先を知って最初に送ったのが……このメッセージだったに違いない。

必死に自分自身にそう言い聞かせると、やがて気持ちが落ち着いてきた。

その日は眠りに落ちることができたが、結局微熱と動悸は三日間治まらなかった。塚本紗季との距離が近づくほど、俺の体は悲鳴を上げていく。

この数日間は、現実を直視するには十分すぎるほど長い時間だった。


再び学校に行こうと決意したのは、午前中に病院に行った帰りだった。

先生に、初期症状は見られるが発症の心配はないとのお墨付きをもらい、心理的な負担が軽くなったことも理由のひとつだ。

だがそれ以上に、俺ははっきりさせたかった。

『今から学校に行く。昼休みには着く』

ラインで賢太郎に告げると、たぶん着くころには生徒会室にいるから、先にそっちに顔を出してくれ、と返信があった。

学校に到着し、言われた通り生徒会室に行くと、賢太郎は「良かったなあ、もう来なかったらどうしようかと思ってた」とほっとしていた。どうやら心配をかけてしまっていたらしい。その気持ちは素直に嬉しかったが、すぐさま「……で、どうなった?」と核心に触れようとしてきたので、「連絡は来たが、特に何もねえよ」と濁しておいた。そういえば、元はといえばこいつが勝手に俺の連絡先を塚本紗季に教えたのがきっかけで、さらに何日も学校を休む羽目になったんだったな……。しかし、賢太郎は俺の病気のことは何も知らないし、本気で俺のことを心配してくれた結果だから、そのことであいつを責める気にはなれなかった。

　賢太郎が俺を生徒会室に呼んだのは、塚本紗季と一緒に献血の勧誘を手伝ってほしいと頼むためだった。なんであいつと二人なんだ……？　と色々勘繰りたくもなったが、それもまた賢太郎が色々とお節介を焼いたからなんだろう。

　正直いきなりあいつと関わることに対する緊張感はあった。あんなメールひとつでここまで俺の体に異変が起こることを考えると、病気が発症するリスクを第一に考えれば――俺にとって塚本紗季が避けなければいけない対象であることは明白だ。

　しかし、俺にそのつもりは全くなかった。

　彼女と会話をしながら、俺の中で変化があったことに気が付いていた。

　確かに、誰とも関わらなければ、リスクを冒さずに人生を全うできるかもしれない。

　しかし――そんな味気ない日々に、価値はあるのだろうか、と思い始めていた。

　俺は、塚本紗季という人間に興味を抱いている。彼女と関わったおかげで、行動範囲が広がり、賢太郎とも仲良くなれた。

　異性であろうと同性であろうと、付き合う人間を選ぶ権利くらいは……こんな運命を背負っている俺にだってあるはずだ。

　その為には、彼女に好感をもって接する必要がある。

　言い換えると――本気で好きにならなければ問題ない、ということだ。

　そう、好きにさえならなければ。

献血の勧誘が終わり、以前賢太郎と行く約束をしていた地域の夏祭りに、塚本紗季も来ることになったと聞いた。

断る、という選択肢もあったのかもしれないが、今の俺は過度に恐れを抱かなくなっていた。

むしろ俺は、そうなることを心のどこかで望んでいた。いつの間にか俺は、恋をしないように人と関わることを諦める人生を歩んでいた自分よりも、彼女のことを考え、言葉を交わし、心を通わせることに高揚している自分の方が、好きになっていた。その感情の変化は、彼女と関わるということが、生きるか死ぬかの綱渡りだという自覚や危機感を麻痺させるのに十分だった。

夏祭り当日。

待ち合わせ場所の公園前広場に約束の時間の十分前に着くと、既に賢太郎は待っていた。なんでも、一時間前には来ていたらしい。

なんでそんなに早く来る必要があったのか聞いたら、「僕は田島賢太郎だから」と訳の分からないことを言った。

自由に振舞ってはいるけど、いつだって自分の色を変えるつもりはない、と。

遅れてきて人を待たせるよりはいいと思うし、そういう信念を貫く意志の強さは、素直にこいつのいいところなんじゃないかと思った。

そうじゃなければ、こうして周囲に嫌われている俺と一緒に夏祭りに行くことはなかっただろう。

やがて、待ち合わせ時間の五分後に、塚本紗季がやってきた。

俺は彼女の姿を一目見た瞬間、一緒に夏祭りに行くという選択をしたことを後悔した。

彼女は、浴衣姿だった。ブルーの花柄の装いと、白くて透明感のある彼女の雰囲気が、普段の姿とのギャップを感じさせる。

とたんに胸が高鳴った。越えてはいけないラインをあっという間に越えてしまいそうになった。

下駄をはいている彼女は、いつもより目線が高い。

彼女と目が合いやすくなってしまい、より一層余所余所しい態度をとることを余儀なくされた。

やがて夕食にそれぞれが食べたいものを買ってまたベンチに集まることになり、俺はカレーの屋台に足を向けた。

そこは他よりも賑わいを見せていて、列の後方を探して並んだ。

列の最後尾につき、そのまま待っていると、どこからか視線を感じた。

顔を上げると――列の少し先に、見覚えのある顔が……目を細めながら俺のことを見つめていた。

手をつないでいる――母親と、小さな男の子。

すぐに気が付いた。あの日電車の中で出会った親子だ、と。

俺は反射的に背中を向け、列から離れることにした。

バレたかもしれない。

必死で冷静になろうとするが、焦りから思わず小走りになり、一心不乱にその場を離れる。

あたりを見回しながら走っていると、りんご飴の屋台の列に並ぶ塚本紗季がいた。

「おい」

とりあえず声を掛けると、彼女は虚を突かれたのか目を丸くした。

賢太郎の姿を捜すと、たまたま祭りに来ていた親衛隊に捕まっていた。どうやら塚本紗季と二人で行動するしかなさそうだ。

俺は、このシチュエーションを恐れていたにもかかわらず、胸の高鳴りを感じていた。どこかで望んでいたような、夢見ていたような、そんな気がする。

塚本紗季は、俺が屋台で買った馬鹿みたいにでかいりんご飴を数口だけ食べて、残りをよこした。

無邪気な顔で、食べる様子をじろじろ見てくる。俺は正直、彼女が齧った場所を……いかに避けて食うかに必死だった。残さず食べるのであれば、当然そんなのは無理なことくらい分かっているのだけれども。

「何その食べ方。ねずみじゃないんだから」

お前なあ……。誰のせいでこうなっているのか分かってんのか。いや、これは俺が過剰に意識しているだけなのか？　と自信がなくなってしまう。

お祭りという非日常の空間の影響なのか、無遠慮な彼女の様子は、いつもの少し真面目ぶっている感じと違い、新鮮だった。

一定の距離をとって接している俺の態度を、普段は彼女も察知して空気を読んでいるに違いない。だが、今夜はそういった遠慮みたいなのがなくて。

正直、可愛いと思った。そしてそんな彼女と二人で過ごす時間を、楽しいと思い始めていた。

今この場所この瞬間。俺の一番の願いは、この時間が続いてほしいということ。願わくば、いつまでも、どこでも、同じ時間を共有したい。

それを言葉にするとしたら、どういう感情なのか。

ただの執着？　興味？　関心？

どれも違う。でも正解を見つけてしまうと、俺は俺でなくなってしまう。

静かに自問自答していると、塚本紗季が「ねえ」と声を掛けてきた。

さっきまでとは違う顔をした彼女が隣にいた。

冗談でも言うのかと思った。しかし、彼女が切り出した話は、想像以上に真っすぐで、俺の心を貫くほどの威力があった。

「あのメッセージのことなんだけど……」

思い出した。というよりは、記憶の底に封じ込めていたといっていい。

しかし、こうして彼女と関わる以上は、避けては通れない話題だと薄々分かってはいた。

「嫌われているんじゃないかって。無理してないかなって。心配になることがあるっていう、意味で……」

反応に困った俺が黙っている間に、彼女がさらに言葉を続ける。

「無理って……」

俺はそう言葉を濁しながらも、必死に胸の中で葛藤していた。

違う。お前のことを嫌いなんじゃない。むしろ……。

拳を握り、感情が高まるのを必死に抑える。

好きになってはダメなんだ。そうなったら、俺はお前のことを……。

俺は思わず立ち上がり、彼女に背中を向けた。そして彼女から逃げるように河原の方へと向かった。

今彼女の顔を見てしまったら……俺は今までの俺じゃなくなってしまう。そんな恐れを抱きながら歩いていると、目の前に誰かが立ちふさがった。

顔を上げる。そしてその人物は「もしや……と思ったのですが……」と話しかけてきた。

――さっきカレーの列で見かけた。かつて見たニュース映像の中で、俺のことを捜していると語っていた三十代くらいの女性だ。

「違います」

俺は、やっぱり逃げるしかなかった。

人ごみを掻き分けるように進んでいき、気が付けば河原の方まで来ていた。

「ちょっと。待ってよ！」

追いついてきた塚本紗季の声は、微かに怒りを含んでいた。

「ねえ、何で？　お礼が言いたかっただけなんじゃない？」

彼女が怒るのも無理はない。俺だって……こんなことをして何になるかなんて、本当は分かっちゃいない。

でも――やっぱり駄目だ。

諦めたように心の中でつぶやく。俺は、自分の気持ちに気づいてしまっていた。

確かに俺は、電車の中で男の子の命を救ったのかもしれない。

でも、本当にそうしたかったのだろうか。純粋な善意からというのは建前で、ある意味義務感のような感情からだったのではないか。

違う。俺は助けたかったんだ。あの日の男の子をじゃない。

幼いころ、目の前で倒れた母親を。だからこそ、必死で救命法を勉強して。救急救命士を目指して。

でも俺は、結局何も取り戻すことはできないということを知った。

「あの人の気持ちになってみなよ。ずっとずっと捜してたんじゃないの？　その気持ちに応えてあげるくらいできるでしょ」

俺はついに、感情を抑えきれなくなってしまった。

「違うって言ってるだろ！」

怒鳴り声が、二人の間で反響する。

俺は、悔しくて唇を噛んでいた。自分の体を蝕《むしば》む病という呪いが。そんな呪いに負けてしまい、大切な人を傷つけてしまうほどに感情的になっている自分が。

顔を上げる。彼女は、まっすぐに俺を見つめたままだったが、頬を大粒の涙が伝っていた。

そして、彼女の嗚咽《おえつ》が夜に静かに沁み込んでいく。

「俺が本当に助けたかったのは……」

そんなことを言ったところで、何にもならないのは分かっている。

俺はただただ自分の未熟さに嫌気が差して、悔しくて……必死で感情を押し殺し、立っていた。

やがていつからいたのか……賢太郎が間に入って、いつものくだらない冗談を言ってくれたおかげで、その場は切り抜けることができた。

「君……たちは。本当に世話が焼けるなあ」

賢太郎が塚本紗季から引き離すように俺を引っ張っていき、そうため息をついた。チラッと彼女の様子を覗き見ると、涙ぐみながら浴衣を直していた。

その為に彼女を一人にさせてあげたのか。俺にこいつみたいな気遣いができれば、こうして彼女を悲しませることもなかっただろうな、と胸が苦しくなる。

その後にメインイベントである花火を三人で並んで見たのだが、正直よく覚えていない。

最後の一発が空に散っていくと、俺たちは周囲の人の流れに乗って歩いた。

待ち合わせ場所の公園前広場まで戻ってくると、賢太郎が俺に耳打ちした。

「何があったか知らないけど。紗季ちゃんのこと、大事にしなよ」

そう言って、俺の背中を叩く。

この雰囲気的に、何があったのかは察せられるだろう。事情を分かっていながら、賢太郎はこのまま彼女のことを放っておくことを許さなかった。

「分かってるよ」

俺が自分のふがいなさに対する苛立ちを含んだ声を返すと、賢太郎は普段とは違う、真面目なトーンで小さく呟いた。

「さもないと、僕が……」

「ん？」

俺が聞き返すと、賢太郎は首を横に振って「何でもない。うまいことやりなよ」と改めて俺の背中を押した。

すぐに俺は、寂し気に肩を落とす塚本紗季に歩み寄り、送っていくと声を掛ける。

彼女は、戸惑った顔をしていた。無理もない。もう俺と関わりたくないだろうから。

夜の帳《とばり》が下りて、街灯に照らされた歩道を、二人並んで歩き始めた。

いつもは俺のことを気遣って何かと声を掛けてくれる彼女も、ずっと無言だった。

お祭りの喧騒から遠く離れ、言葉がなくなると、互いの心臓の音が聞こえてくるほどの静けさが襲ってくる。

信号で立ち止まる。俺は恐る恐る彼女に声を掛けた。

「さっきは怒鳴って悪かった」

信号機の灯りに照らされて、彼女の頬に涙が光っているのが見えた。

俺たちはどうしてここにいるのだろう。

同じ学校の、同じクラスに居合わせたのは偶然かもしれない。でも、今ここに立っているのは、互いの意志だ。

二人だけの時間が刻一刻と過ぎていくなか、心の中で、声が聞こえた。

もしも俺が彼女に気持ちを伝えたら――。

衝動が俺の背中を押して、向こう岸へと走り出したくなる。しかし、胸に刻まれる鈍い鼓動が、恋滅症という呪いが、俺の足にまとわりつく。

彼女と二人で歩いていくためには、本当のことを告げるべきではないか。でないと、俺は一生彼女を騙し続けることになる。

俺は意を決して口を開いた。

「俺、本当は……もっとお前に言わなくちゃいけないことがある」

緊張と迷いで、声に震えが交じる。彼女は、澄んだ目で俺の顔を見つめていた。

――しかし、その言葉の続きを届ける前に、不安が目の前を横切った。

「いや、なんでもない……」

俺がそう濁すと、手のひらを温かい感触が包み込む。

「……知りたい。あなたが何を考えているのか。どんな人なのか。たとえ私が……どれだけ傷ついたとしても、構わないから」

彼女が、俺の手を不器用に握っている。

動悸が全身に伝播して、胸が熱くなっていく。やっぱり彼女は……と意識すると、俺は思い出したくもないのに、自分の運命について考えざるを得なくなった。

この手は、彼女が示してくれた道だ。握り返すことで気持ちに応えれば、俺たちは一緒に歩いていけるのかもしれない。

でも、その道のりの途中で、俺はいなくなる。

彼女を孤独にしてしまう。

それだけではない。結果的に彼女の意思は、俺の人生を大幅に短縮させてしまうことになる。

彼女のことを、人殺しにはしたくない。

その事実から、目を逸らすことはできなかった。

信号が変わり、俺はそっと手を離す。

何もない日々が続くかのように、俺たちはまた並んで歩き始めた。

家に戻り、いつものようにベッドに潜り込み、自分に問いかける。

俺は今まで、何を恐れて生きてきたのだろう。

死ぬこと？　自分が自分でなくなること？

胸に手を当てる。心臓の鼓動が、手のひらを打つ。

——違う。俺が本当に恐れていたのは、生きることだ。

恋をすれば死ぬという運命を背負った日から、俺は逃げ続けてきた。

人と関わること、仲良くすること、好かれること。その全てから。

逃げることは、生きるためには仕方がない。俺には必要なことだ。そう思っていた。でも、結局どうだ？

目的も向上心もなく、ただ生きるだけの日々は、どんどん自分の可能性を、行動範囲を、視野を狭くした。

気が付けば、俺はひとりぼっちだった。

人との関わりを絶つということは、楽で、安全かもしれない。

でも——それで守れるのは自分自身だけだった。

あの日、俺は誓ったはずなのに。母を守れなかった俺が、母の為にできること。

それは、誰かを救える人間になること、誰かを大切にできる人生を送ることだと。

本当にそれでいいのか？

胸の奥に封じ込めていた声。

扉を開いたのは、塚本紗季——彼女の為に、彼女を大切にしたいという俺の気持ちだった。

その気持ちの正体は……何だろう。


胸が高鳴り、跳ねる。鈍く痛く、心音を刻む。

冷たい汗と、煮えたぎるように体を蝕んでいく熱。

息が苦しい。辛い。朦朧とする意識の中、彼女の笑顔が浮かんでくる。

そうか——これが恋か。

何をしていても、ふとした瞬間に、あいつのことが頭をよぎる。

勝手な想像を膨らませて、心地よくなって、傷ついて。

それでも、俺は彼女を好きになった自分のことを、肯定したい気持ちになっていた。

むしろ——はじめからこうなる運命だったのかもしれない、と。

覚悟を決めるための通過点なんだと、自分に言い聞かせた。

翌朝。

目が覚めると、熱は下がり、倦怠感はあるが――息苦しさはなくなっていた。

昨夜は悪い夢でも見ていたのだろうか、と首をひねりながら、節々の痛む体をゆっくりと起こす。

ベッドから下りて、ふらつきながら階段を下りていき――洗面台の前に立つ。

俺は――息を呑んだ。

首元には――まるで運命を刻印されたように。濃い赤茶色の痣が、くっきりと浮かび上がっていた。

それは、もう後戻りはできないという現実を、まざまざと俺に見せつけるように。

鈍く脈打ちながら、人生のカウントダウンを刻んでいた。

第3章

俺はもう、恋をすると決めた。

「久しぶりだな」

俺が微笑み返すと、彼女は驚き、恥ずかしそうに目をそらしていた。

無理もない。今まで彼女に対しては親密にならないような接し方を心がけていたのだから。

しかし——もうその必要はない。夏休みが明け、俺の気持ちは整理されていた。

体調が悪化し、病院に行き、宣告を受けても。涙を流す父親を前にしても、俺の決意は変わらなかった。

後悔はない。俺は彼女との恋を最後に、人生という旅を終える。

そうなると、彼女に会えるのが楽しみで仕方がなくなった。自分の余命のカウントダウンがすでに始まっているというのに。早く時間が経ってほしいと願っていた。これも——恋の力なのかもしれない。

待ちに待った塚本紗季との教室での再会。最初は不安げにしていた彼女も、会話が弾むと嬉しそうにしていた。俺も心が弾んだ。楽しくて、満足感のある時間だった。

しかし、それと同時に不吉な動悸が左胸に宿り、体が熱をもって手のひらに汗が滲んだ。彼女にバレないように薬を服用し、教室に戻る。

放課後も一緒に帰るつもりで、彼女に声を掛けた。ところが、用事があるから先に帰っていて欲しいと言われ、俺は渋々一人で電車に乗り、家路についた。

一人になり、ふと考える。俺はもう——この恋を貫くと心に決め、後悔はないが——不安がないと言えば嘘になる。

病気に対する恐怖は、依然として心の内にある。自分がやがてどんな風に死んでいくのか。周りの人間はどう思うのか。父は。自由は。賢太郎は。そして……もし塚本紗季が真実を知ってしまったら。

きっと、誰もが幸せになる術はもうないだろう。

それが分かっていて、俺はこの恋を選んだ。

孤独な夜が俺を迎えに来て、すぐに朝が来た。

それでも、塚本紗季のことを考えるだけで、胸の苦しさと共に、心地よさがあった。

教室に入り、すぐに彼女の姿を捜す。席にはいない。まだ登校していないのかとあたりを見回すと、教室の隅で女子のグループと一緒に雑談している彼女の姿があった。

声をかけようかと思ったが……今は難しそうだ。

俺のことを待ってくれているかもしれない、と期待をしていたのだが。肩透かしを食らった感もあって、苛立ち交じりに鞄を机の上に置く。

椅子に座り、イヤフォンをつけることもなく腕組みをしてたまに横目で彼女の様子を確認するが、なかなか席に戻ってくる気配はない。

なんだ。昨日はあれだけ朝から喋ったのに。

結局ホームルーム開始ギリギリに戻ってきた彼女は、声をかけようとした俺と目を合わせることもなく椅子を引き、席についた。

何だ？　もしかして……避けられたのか？

そんなはずはない、と自分に言い聞かせる。たまたまクラスメートの女子と話し込んで、ギリギリになったからに過ぎない。

一限目が終わり、思い切って授業の合間に彼女に声をかけようと立ち上がる。しかし塚本紗季は俺の気配を察したのか、すぐにまた女子たちのもとへ行ってしまった。

俺は確信した。

塚本紗季は俺のことを避けている。

昨日までの様子とは明らかに違っているし、不自然な行動だったからだ。

彼女の心境に変化があったのか。それとも、何らかの目的で、俺と距離を置こうとしているのか。

俺は直接確かめようと思い、昼休みに入ってから教室を出ていった塚本紗季を追いかけ、廊下で詰め寄った。

「おい。ちょっと話がある」

廊下で感情的にそう声を掛けた俺に、彼女は振り向きざまに戸惑いの色を見せる。

すると、誰かが彼女の身を隠すように、俺の目の前に立ちふさがった。

「悪いけど、彼女怖がっているからさ。話があるなら僕を通してくれないか？」

そう俺を諭したのは――賢太郎だった。奴は、今まで見たことがないような険しい表情をしていた。

「何でだ？　俺は彼女と話があるんだ。お前は関係ないだろ」

賢太郎は薄く笑みを浮かべながら、淡々と言い放った。

「……関係なくはないな。もう一度言う。彼女に近づかないでくれないか」

「お前にそんなこと言われる筋合いはないだろ。そこをどけ」

賢太郎は一歩も引く様子がない。

「筋合い？　少なくとも、君よりはあるはずだけどね」

「どういう意味だ？」

「もうやめて！」

睨み合う俺たちの間に、塚本紗季が割って入ってくる。そして賢太郎のことを守るかのように手を広げた。

「ちゃんと説明するから。ここで騒ぎを起こさないで」

すでに教室からの視線が廊下へと集まっている。段々と野次馬も増えてきて、確かにこのままだと収拾がつかない。

「説明って何をだ？　今ここで言ってみろ」

賢太郎はそっと塚本紗季の肩を抱き、言い放った。

「僕たち、付き合ってるんだ。君には悪いけど、もう彼女と深く関わろうとするのは控えてくれないか」

その一言で、教室内に黄色い悲鳴が鳴り響いた。賢太郎の親衛隊たちの絶望と嫉妬の入り交じった声の中、俺は腹の底から声を絞り出した。

「……は？」

冗談だろ？　俺はあまりに突然のことに、乾いた笑みを浮かべながら塚本紗季の顔を見つめた。

彼女は何も言わず、視線を下げていた。賢太郎の言うことを、否定することもなく。

「……いつからだよ」

いつもの茶化すような雰囲気もなく、賢太郎ははっきりと言い切った。

「昨日からだよ。僕の方から切り出した。僕と付き合ってほしいって……」

俺は、頭が真っ白になった。

「どういうことだ？　そもそもお前が俺たちのこと、仕向けてたんじゃないのかよ」

納得がいかず、賢太郎に詰め寄る。すると奴は首を横に振り、鋭い眼差しを俺に向けた。

「少し前に、彼女から相談を受けたんだ。クラスで孤立している君のことを助けてあげたいから、君と仲良くなってくれないかって。嬉しかったよ。僕はずっとずっと彼女のことが好きだったし、彼女の役に立てるのならなんだってやるつもりだった」

賢太郎が――塚本紗季のことを？　全くそんな素振りなんかなかったし――気がつかなかった。

そして、賢太郎は俺に詰め寄り、強い口調で言い放った。

「でも、だんだんと距離が縮まっていく君たちを見ていて、正直焦りを感じていた。葛藤はあった。彼女がそう望んでいるように感じていたし、彼女の為ならば背中を押すつもりだった。でも――」

俺は賢太郎の言葉を遮り、廊下の端で気まずそうに視線を落としている塚本紗季に詰め寄った。

「お前はどうなんだ。てっきり俺は、お前も俺と同じ気持ちだと思っていたから……違ったのか。それとも、初めから単なる同情だったのかよ」

塚本紗季は、俺と視線を合わさずに、震える声で答えた。

「ごめんなさい」

ふと、まるで俺が彼女を追い詰めているような気がして、周囲を見渡す。教室からの無数の冷たい視線が、俺に突き刺さっていた。

俺は気持ちを落ち着かせて、彼女にもう一度尋ねた。

「賢太郎の告白を受け入れたのか」

彼女は、黙ったまま首を縦に振る。そして、涙ながらに答えた。

「手島くんのこと、気になるようになって……最初は好意なのかと思ってた。でも、田島くんが好きだって言ってくれたとき、彼の想いが伝わってきて……すごく嬉しかった。それからずっとずっと悩んで……手島くんに対して抱いていた気持ちは、純粋に手島くんの助けになりたいっていう感情なんだって気が付いたの」

なんだ――つまり、全部俺の勘違いだったってことか。

俺は塚本紗季と、彼女を守るように立ちふさがっている賢太郎に視線をやることもなく、力なく背を向けた。

「――そうか。だったらもういい」

吐き捨てるように言うと、ついさっきまで全身にたぎっていた怒りを塗り替えるように虚しさが込み上げてきて、涙が出そうになって、声に震えが交じった。

俺は奴らから逃げるように、廊下を歩き始めた。近くにあった掃除用具のロッカーが半開きになっている。

感情に任せて拳を叩きつけてやりたいという衝動もあったが、結局何もせずに通り過ぎた。

全てが虚しい。バカバカしい。

こんなことなら、ずっと自分の殻に閉じこもっておくべきだった。

少し優しくされたぐらいで、調子に乗ってしまった自分が情けない。悔しい。

やがて騒ぎを聞きつけた生徒指導の先生が階段を駆け上がってくるのが見えた。

俺は逃げるように廊下を走り出した。

無我夢中で校門までやってきて、息を切らしながら後ろを振り返る。先生たちは、俺のことをもう追ってこなかった。

居た堪れなくなって、思わず走り出したが。今更あの教室に戻る気は起きず、そのまま駅へと歩き始めた。

「……こーちゃん！」

降り注ぐ日差しに目を細めながら歩道を歩いていると、後ろから声が聞こえた。振り返ると、自由が俺の鞄を持って走ってきていた。

「忘れ物！　……ったく。そんなに走ったら体に障るってお医者さんに言われてるんでしょ？」

肩で息をしながら鞄を渡してくる自由。よく見ると、自由も鞄を背負っている。

「おい。お前も帰るのかよ」

自由は口を尖らせながら、心配そうに俺の顔を見上げた。

「……だって。今のこーちゃん、放っておいたら何しでかすか分からないし」

正直余計なお世話だと思ったが、今更逃げる気にもならず、自由と並んで交通量の多い国道沿いを歩き始めた。

「……ねえ、変なこと考えてないよね？　大丈夫？」

自由が不安げに横顔を見つめてくる。

「別に。ただ、何もかもどうでもよくなった」

ショックを受けたことは間違いない。未だに現実感はないし、嘘であってほしいと願っている。

しかしそれ以上に失望が大きい。俺のことを気遣ってくれた塚本紗季を、大切にしたいと思った。心を閉ざし、自分の殻に閉じこもっていた俺を連れ出してくれた賢太郎のことを、俺は紛れもなく信頼し、友達だと思っていた。

こんなに簡単に裏切られるなんて。

胸にはぽっかりと大きな穴が空いて、気力が湧いてこない。

自由は俺の背中を叩きながら、たどたどしく切り出した。

「大丈夫だよ。……私だけは、絶対に変わらないから」

照れたように頬を赤らめて、顔を逸らす。そして、「たとえどれだけこーちゃんに相手にされなくても……嫌われても」と、小さな声で続けた。

「別に、嫌ったことはねえよ」

こんなふざけた病気との闘いが始まって以来……こいつがどれだけ俺に気を遣って、時に自分を犠牲にしてきたか知っている。

そして何より、俺の気持ちが自分に向かないように振舞ってきた。あえてクラスの他の男子と付き合ったりとか、可愛くない髪型にしたりとか。コンタクトにせず、地味な眼鏡のままでいたり。

「お前、どうして俺にそこまで気を遣うんだよ」

今まであえて口に出さなかった疑問を、俺は彼女に投げかけた。

ガード下の暗がりに入ると、ひんやりとした空気と、頭上を行き交う車の振動を感じた。

彼女はこの空間から、またまばゆい日差しの下へと歩み出るまでの間、口をつぐんで考えを巡らせているようだった。

「あなたのお母さんが大好きだったから」

やっと返ってきた答えは、意外な角度から俺の心をつついた。

「お母さん？　なんでだよ」

自由は前を向いたまま言葉を続ける。

「うちのお母さんとも仲が良かったし、私にもとっても優しくしてくれたもん。こーちゃんも、大好きだったもんね……お母さんのこと」

俺は口をつぐんだ。そんなこと、当時の俺とこいつにとって、当たり前の共通認識だった。

「……突然いなくなっちゃって、辛かったよね。私も辛かったけど、こーちゃんはもっともっと辛かったと思う」

自由の目に、うっすらと涙が浮かんでいる。

「だから私は……辛くて傷ついているこーちゃんの為に何ができるんだろうって。こーちゃんの力にならなくちゃって。だから……」

俺の気持ち……か。俺はてっきり、こいつは自分の為に行動をしてきたのだと思っていた。

「そういうの、もういいからな」

俺はそっけなく言い放ち、上り坂に入った歩道で、足を速めた。

「そういうのって何」

自由はそれでも小走りで俺の後ろをついてくる。

「俺の為にいくら動いたって、俺はそのうちいなくなる。無駄になるだろ？　今は大事な時期なんだから、自分の為に時間を使うべきだ。周りを見てみろ。部活、勉強……みんなそうしてる」

自由は俺を追い抜き、目の前に立ちはだかった。

「まず、あなたはいなくならない。病気は発症したかもしれないけど、まだ希望を捨てないで。それに、今の私にとって一番大事なのは、勉強でも、部活でもなく、こーちゃんだから。その気持ちを大事にしないと、この先絶対後悔すると思う」

その気持ちも、きっと若気の至りというか……一時の気の迷いだろと思ったが、俺の塚本紗季に対する気持ちも……同じかもしれないと気がつく。

「勝手にしろ」

そう言って、自由の横をすり抜けて歩いていく。慌てて自由が追いかけてくる足音を感じて、俺はふと立ち止まり、振り返った。

「ありがとうな」

その言葉に驚いた自由は、「えっ、何。急に改まって」と照れたように視線を下げる。

「いや……鞄を持ってきてくれて。忘れてたから」

俺がそう答えると、自由は「そっちかい」と口を尖らせた。

塚本紗季と賢太郎が付き合い始めて以来、俺は教室で以前のように自分の殻に閉じこもるようになった。

登校したら、すぐにイヤフォンを装着。休み時間中も、放課後も外さなかった。

席の近い塚本紗季は、たまに何かを言いたそうにこちらを見つめている。実際に「体の具合は大丈夫？」と声を掛けられることもあったが、何も答える必要がないと思った俺は、反応を示さずそっぽを向いた。

賢太郎とは、完全に口もきかないし目も合わさなくなっていた。

俺にとって、塚本紗季との関わりを持つ点において、あいつの存在は欠かせないものだった。俺一人では、彼女に対して行動を起こすことはできなかっただろう。

いや、それよりも俺はあいつを友達として信頼し、気がつけば誰よりも気のおけない間柄になっていた。

それだけに、許すことができなかった。

なんであいつは、塚本紗季に対して気持ちがありながら、俺と彼女の橋渡しをするような真似をしたのだろうか。

休み時間になると賢太郎は塚本紗季に話しかけに行っている。俺の方は一切見ないし、気を遣うつもりもなさそうだ。俺にしたってそんなことをされたって余計に腹が立つだけだ。

三人で夏祭りに行った日とは、俺たちの関係性はすっかり変わってしまった。

どうしてだろうか。

俺が塚本紗季の手を、放してしまったから？

病気が発症してしまい、一刻の猶予《ゆうよ》もなくなってしまったから？

賢太郎の行動の意味を考えれば、こんな俺と関わるよりは、自分と付き合う方が彼女の為になると思ったのだろう。

あいつらは一緒に下校し、俺は一人で電車に乗った。駅のホームで、塚本紗季の姿を見かけることはなくなった。

それから一か月が経ったある日、生徒指導の先生から声を掛けられた。

「お前、臨時生徒会役員なのに全然委員会に顔を出していないらしいじゃないか。今日の放課後、文化祭の実行委員会があるから、覚えておけよ」

すっかり忘れていた。あいつらと関わり合うことがなくなったから、俺にとっては完全に意味をなさないものとなっていた、臨時生徒会役員という肩書き。まだ生きていたとは思わなかったが……正式にやめた訳でもないし、仕方がない。

どうするか。サボる気でいたが、また先生に睨まれるのもそれはそれで面倒だ。

結局俺は、久しぶりに生徒会室へと足を運んだ。扉の前に立つと、中に人がいることに気がつく。

ノックをすることなく、扉を開く。中には上級生の生徒会役員数人と、賢太郎、塚本紗季がいて、俺の登場に目を丸くしていた。

「あれ？　どうして君がここに？」

上級生の一人が驚いて声を上げる。

「生徒指導の先生に参加しろって言われたんで」

俺はぶっきらぼうに答えて、空いている席に腰を下ろす。

「あ、僕が手続きしたんですよ。だから、彼も生徒会の一員です」

賢太郎が笑顔でそう説明する。

「そうか。じゃあ、一緒に会議を進めることにしましょう」

その場を取り仕切ったのは、生徒会長の先輩だった。

議題は文化祭の予算についてだとか催しものについてだとか。もちろん俺は発言をすることもなく。そこにいてもいなくてもどちらでもいい存在ではあったが、メインステージである舞台の進行アシスタントという役職が俺にあてがわれた。

というより、元々そんな役職はなかったが、忙しそうな班に無理やりねじ込まれたという感じがした。

同じ班には、賢太郎と、塚本紗季がいた。同じクラスだから、生徒会長も気を遣ってくれたんだろうけど……今の俺にとって、最高に気まずい人事になったことは間違いなかった。

「じゃあ、会議は以上で。あとはそれぞれの班で進めていってください」

そこで委員会はお開きになり、俺と賢太郎と塚本紗季はその場に残ってメインステージの運営について打ち合わせをすることになった。

「こうやって面と向かって三人で話すのも久しぶりだな」

賢太郎は気さくな感じで切り出すが、俺は何も言わなかった。

今更こいつと、何を話せばいいのか。こいつだって、本当は俺なんかと顔を合わせたくもないはずだろう。

塚本紗季も、終始気まずそうな様子で、俺と賢太郎の顔色を窺っている。

「……で、どうする？　会議で言ってた、ゲストのキャスティングについてだけど」

賢太郎が、俺に発言を促す。俺は何も返さず、机の上に置かれたレジュメの文字列を、漫然と目で追っていた。

不穏な空気が、依然として生徒会室に居座っている。

俺は不思議だった。どうして賢太郎は、俺のことを裏切るような行動をしておいて……こうして普通に話しかけられるんだ？

塚本紗季は、夏祭りの日に、俺に気持ちを示してくれた。

賢太郎だって、相談に乗っていたというのなら、知っているはず。

俺の気持ちだって、十分に分かっていただろう。

もともと変わったやつだとは思っていたけれど、ここまで空気が読めないとは思っていなかった。

「やっぱり、盛り上がる人がいいよね。若手のお笑い芸人さんとか、ユーチューバーのトークショーとか……？」

　塚本紗季が恐る恐る切り出す。

　今の言い方は……俺に意見を求めているのか？　しかし俺は下を向いて黙ったまま、何も答えなかった。

　ピンと張りつめた空気。みんなが俺に気を遣うせいで、議論が進んでいない気がする。

　その後も議論は平行線のままなかなかまとまらず、時間だけが過ぎていく。

　自分の意思で委員会に来ておいて、意見を求められても何も答えない。どう考えても勝手だし、矛盾している。

　そもそも先生に参加しろと言われたとはいえ、無視するという選択肢もあったはず。今までだって、どれだけ先生に促されても学校行事には頑なに参加してこなかった。

　ここに来たのは、紛れもなく俺の意思だ。

だったら……あまり気は進まないが。俺なりにここへ来た責任だけは果たして、さっさと去ることにした。

「……俺がやる」

「え？」

　生徒会室は静まり返り、やがて困惑の声と共にざわめきが起こった。

「それは、どういう意味だい？」

賢太郎が落ち着いた口調で俺に尋ねる。

「ゲストのキャスティングは、俺が一人でやる。それでいいだろ」

そう言い残して、俺は生徒会室を出ようと立ち上がった。

「それは無茶だよ」

話を聞いていた上級生たちが口々に声をあげ、俺を引き留める。

塚本紗季は、気まずそうに俺と賢太郎の顔色を窺っていた。

「……そうだよ。やっぱりみんなで話し合って決めた方が」

俺は荷物を肩に掛けながら、躊躇うことなく言い放った。

「どうせ話し合っても平行線だろ。それなら、いっそ誰かに一任した方が話が早い。俺がやるって言ってるんだから、それでいいだろ」

そのまま生徒会室を後にし、一人で家路についた。

帰りの電車の中で、俺は自問自答を繰り返していた。

本当にこれでよかったのか。自暴自棄になってはいないか。

いや、俺は冷静だった。正直、賢太郎や——塚本紗季と協力するよりは、一人で動く方が気楽だ。

ふと首元の痣に鈍い痛みが走り、「うっ」と小さく呻《うめ》く。すぐに治まったが、じんじんと熱を帯びている。

もはや忘れることはできない。恋滅症は刻一刻と、着実に俺の体を蝕んでいっている。

少し前まで当たり前のように存在していた〝日常〟は、今やどこにも存在しない。

賢太郎。塚本紗季。あいつらと過ごすのが楽しくて、毎日が充実していた。

しかし、ひとたび風向きが変わると、何もかもがなくなってしまう。俺にはもう、大切な人も、友人もいない。

帰宅し、キッチンの灯りをつける。父はまだ帰っていない。いつものように夕食代わりのインスタント食品を調理して胃袋に流し込むと、自分の部屋のベッドに横になった。

こうして一人になると、何もかも嫌になって、耳を塞ぎたくなる。

こんなとき、俺がいつも縋るもの。

鞄の中からイヤフォンをとって、スマホに差し込み、耳につける。

いつものように、力強くて心地よい声が、心に染み込んでいく。

朗読。声で物語を紡いでいく。俺はいつだって、この声に救われてきた。

スマホで、この朗読の情報を確認する。

高柳奏太朗。五十五歳。歌手であり、俳優。声優としても活躍していて、ラジオのパーソナリティーも長年務めている。

「ライブとか行ってみたいかも――」

ふとバスの中で、塚本紗季が言っていたことを思い出した。

俺は――よせばいいのに、それはかつて彼女との間に存在していた繋がりに対する未練なのか——どうすれば彼を学校に呼ぶことができるのか、真剣に考え始めていた。

SNSは……なにもやっていないらしい。どうやってコンタクトを取るのだろう。

俺は小一時間ほど悶々と考えたのち、彼が出演しているラジオ局のHPに投書のページを見つけた。どうやらここからメッセージを送れるらしい。

俺はどうせ相手にされないだろうという諦めと、わずかな期待を心の底に抱きながら。スマホで文字を入力し、送信ボタンを押す親指に力を込めた。

『蒲田高校の手島孝士と申します。いつも朗読を聴いています。十一月三日に文化祭を行うのですが、ゲストとして出演してもらえないでしょうか？　宜しくお願い致します』

熱い思いを込めるべきだったのかもしれないが、文章は苦手なのと、長々と一方的に文章を綴るのは迷惑な気がしたこともあり、端的に用件のみを伝えることにした。

とりあえず連絡先のメールアドレスは記入したが、あくまでもラジオ番組への投書の欄なので、本人に届くかどうかすら怪しかった。

しかし、それならそれでいいと俺は思っていた。

高柳さんは芸能人で、大人で……世代も全然違う。俺に興味を持つことなんて、ありえないだろう。

案の定、それから二週間以上、連絡は返ってこなかった。

特に落胆することもなく、俺はゲストの人選をどうしようかと途方に暮れていた。

先生たちや生徒会の連中はあからさまに急かしてくるようなことはないが、内心どうなっているのか気にはなっているはずだ。

どうなっているのかというと、現時点でどうにもなっていない。

俺は教室で孤立を深めながら、淡々と高校生活を送っていて、それ以上の行動は何も起こせていなかった。

文化祭二週間前。ついに痺れを切らした実行委員会の先輩が、わざわざ教室までやってきて俺に声をかけてきた。

「ゲストの人選はどうなってる？　未定のままじゃ外部に情報も発信できないし、困るんだよ」

怒っているというよりは心配している様子だったが、俺は正直に現状のありのままを説明することにした。

「打診はしていますが、返事がありません。ぼちぼち他の候補にもあたってみようかなと思っています」

ふと視線を感じて教室の隅に目をやると、何人かのクラスメートの男子と談笑していた賢太郎が、俺のことを見つめていた。しかし俺と目が合うと、すぐ話の輪の中に戻っていった。

あいつ、何なんだよ。まさか今更関わってくるということはないとは思うが。もやもやした気持ちで口をつぐんでいると、背後から声がした。

「……もう少し待っていただけませんか？　よろしくお願いします」

そう言って頭を下げたのは、塚本紗季だった。どこかで先輩とのやり取りを聞いていたらしい。

先輩は「わかった」と言いながら目じりを下げ、日にちも迫っているし、なるべく早めに進捗を報告するようにだけ促して、教室を出ていった。

「私、手伝うから。一緒に他の候補をあたってみよう」

久しぶりに彼女が俺の目を真っすぐに見て、そう声をかけてくれた。

俺は胸の奥が痛むのをこらえながら、「ああ」とそっけない返事をした。

それから三日間。俺は特に動くこともなく、高柳さんからの返事を待った。

しかし、吉報は届くことなく。ぽっかりと空いたステージの時間をどうするのか、判断を迫られていた。

正直ここまで来たら、外部の人に依頼をするよりは、ステージで何か演《だ》し物をやってくれる人を校内で新たに探すしかない。

しかし、普段から誰とも関わろうとしなかった俺に、頼れる人はいなかった。

それどころか、先日の廊下での騒ぎも相まって、校内での俺の評判は地に落ちている。

俺の目には、手伝うと言ってきてくれたときの塚本紗季の表情が焼き付いていた。

彼女だけが、未だに俺のことを心配してくれる。彼女に裏切られた……とはいえ、彼女の気持ちを踏みにじることだけはしたくないという思いが、胸の奥に燻《くすぶ》っていた。

放課後。俺は意を決して、軽音楽部の部室を訪ねた。

離れにある部室の中からは、演奏の爆音が外に漏れていた。ノックをしても無駄そうなので、黙って扉をあけて中に入ると、驚いた部員が演奏を止めた。

「何？　何の用？」

ギターを構えていた部長らしき人が怪訝そうな顔をする。

「文化祭の実行委員をしてるんだけど。メインステージのラストの演目の出演者が決まっていないんだ。急で申し訳ないんだけど、誰か出てくれないか」

俺が説明すると、バンドのメンバーたちは顔を見合わせる。

「無理だな。俺たち、すでに別の演奏予定が入っているし。それに、今からもう一曲増やして練習する時間なんかないよ」

渋るメンバーに、俺は頭を下げた。

「分かってる。でも、どうしても穴を空けたくないんだ。普段練習している曲でもなんでもいい。やってくれないか」

俺が頭を下げたまま微動だにしないでいると、ドラムセットに座っていたクラスメートのメンバーが口を開いた。

「俺らにトリは荷が重いって。他をあたってよ」

さすがにそれ以上邪魔をするわけにもいかず、俺は部室を後にした。

それから吹奏楽部、ダンス部、演劇部などにもあたってみたが、色好い返事はもらえなかった。それ以前に、俺が顔を出した時点で怯えた表情をされるばかりで、そもそも取り合ってもらえる状況ですらなかった。

最後に訪れたのは職員室。先生たちも俺が訪ねてきたことに目を丸くしていたが、対応してくれた生徒指導の先生に事情を説明すると、難しそうな顔をして腕組みをした。

「そりゃな。こんな直前になって演目を入れさせてくれって言われても、練習時間もないし、断られて当たり前だろうな」

そうして、二人して職員室の真ん中で黙り込んでしまった。

「すみません。どうにかしますんで」

俺は先生に一礼し、足早に職員室を後にした。

どこからともなく聞こえる誰かの笑い声。足音が反響する廊下を、下を向いて歩く。結局全てが無駄足で、次第に追い込まれていく。

右の拳を握りしめて、消火栓の扉を叩く。鈍く響く金属音と手の甲に返ってきた痛み。苛立ちは焦りとなってじわじわと心を締め付けてくる。

そもそも、なんで俺が？

今までの俺なら、こんな状況に足を踏み入れることすらなかったはずだ。キャスティングの仕事を引き受けることも、先生に促されて委員会に出席することも。

断るタイミング、逃げるタイミングはあったはず。でも俺は、そうしなかった。

理由は分からない。でも間違いないのは、以前と変わったのは、俺自身だということだ。

次にどこへ向かえばいいのか。もがき苦しむことに意味があるかどうかは分からないが、俺はすべてを投げだすつもりはさらさらなかった。

階段を上り、生徒会室の前に立つ。鍵が掛かっていて、中に誰もいない。

立ちすくんだまま、スマホを取り出す。ここのところ何度見たか覚えていない、メールの受信トレイを確認する。

待ち望んでいる相手からの着信は、未だにないままだ。

「手島くん」

廊下の方から聞こえた声に振り返ると、塚本紗季が不安げな顔をして立っていた。

「何だよ。お前もう……」

俺とは関わらないんじゃなかったのかよ——と、喉まで出かかって、口をつぐんだ。

塚本紗季は首を横に振り、俺の傍に寄ってきた。

「私、手伝うから。一緒にお願いして回ろう」

彼女に情けをかけられてしまい、プライドが傷ついた。首を横に振ってその場から立ち去ろうとすると、塚本紗季が俺の右手を摑んだ。

「別にいいよ。私のこと、嫌いでも。むしろ、その方がいいって。でも私は、手島くんが頑張ってるのに見捨てるなんてことできないから」

頑張っている……か。まったく予想外の言葉に反応に困っていると、彼女は「行こう。時間ないんでしょ？」と言ってすたすたと歩き始めた。

「……で、どこに向かってるんだよ」

ぴたっと立ち止まる。塚本紗季は途端に困った顔をして、「さあ」ととぼけた。

「せめて決めてから動けよ。相変わらずだな」

塚本紗季はむすっとした顔をして、俺の顔を指さした。

「とにかく。私はこれ以上手島くんのことを放っておくことはできないし、そうしたくないから。自分勝手なのは十分分かってるけど……今回だけは手伝うからね」

やっと手を離してくれた塚本紗季と、まだあたっていない部の部室を回っていった。

空手部、アーチェリー部、漫画研究会……ステージパフォーマンスとは程遠い部活とは分かりつつも、わずかな可能性に懸けて懸命に説得して回った。

人生でこんなに頭を下げたのは初めてかもしれない。そして最後に向かったのは、登山部の部室だった。

「失礼します」

彼女がノックをすると、部長らしきがっちりした坊主頭の男子生徒が顔を出した。

事情を説明すると、「それはちょっと厳しいな」と困った顔をされた。

それはそうだ。むしろ、何を期待してここを訪れたのか自分たちにも分からない。

「先生、どうにかしてあげられませんかね」

部長が奥にいる顧問の先生に声をかける。高齢の綺麗な白髪の先生は、やせ細った見た目とは裏腹に、しっかりとした足取りでこちらに向かってきた。

「はじめは、誰にあたってたの？」

「俳優の、高柳奏太朗さんです」

先生は鼻を膨らませて、へえ、と感嘆の声を上げた。

「若いのに目の付け所がいいねえ。私も大好きなんだ。彼のレコードを何枚も持っているよ」

そうなんですね、と隣の塚本紗季が笑顔になる。

「でも、高柳さんの出演しているラジオ番組に送った出演依頼のメールの返事が未だにこなくて。代わりの出演者を探しているんです」

俺がそう続けると、先生は顎に蓄えた白いひげを触りながら目を見開いた。

「そうか。確か……私の大学の同期にメディアの人間がいたな。この間同期会で久々に会ったんだ。連絡をとってみようか？」

俺たちが二つ返事で「はい」とうなずくと、先生は電話をかけ始めた。

「あ、もしもし。忙しいとこ悪いね。実は……」

部長を含む俺たち三人は、電話をしている先生を緊張の面持ちで見守った。

やがて先生が「ちょっと待ってて」と言って電話を耳から離して、俺たちに問いかけた。

「直接そのラジオ番組と関わっているわけじゃないけど、そこのプロデューサーさんと何度もお仕事されてる方なら近くにいるらしいよ。どうする？」

「お話しさせてください！」

すぐに声を上げたのは、塚本紗季だった。

彼女は先生から電話を受け取ると、たどたどしい口調ではあるが、懸命に想いを伝えてくれた。

「私たちにとって、一生心に残る文化祭にしたいんです。どうかお願いします」

塚本紗季から電話を返された先生は、「よろしく頼むね」と再度念押ししてくれて通話を終えた。

「ありがとうございます。……で、どうでしたか？」

塚本紗季が不安げに尋ねる。

「どうにか掛け合ってみてくれるって。若い頃を思い出したって、嬉しそうにしてたよ」

そう言って笑顔で俺たちを労ってくれる先生。

俺たちは思わず、視線を合わせて安堵した。


「ねえ、高柳さんって……手島くんにとってどんな存在なの？」

陽が落ちるのがすっかり早くなり、下校時刻にはすでに街灯がぽつぽつと灯っている。

久しぶりに並んで歩道を歩きながら、塚本紗季が切り出した。

「……しいて言うなら、俺の心の支えかな」

バスの中でイヤフォンを貸した彼女は、高柳さんの声を知っている。だからなのか、納得した表情で「そっか」と呟いた。

「もし会えたら……きっと嬉しいと思うよ」

「そうか?」

彼女は熱弁するように両こぶしを握る。

「そうだよ。だからもっとストレートに想いを伝えた方がいいんじゃない?」

具体的にどうしたらいいのか彼女は言わなかった。そこまでするのは野暮だと遠慮したのかもしれない。

「……やれることはやってみるよ」

俺が素直に言葉にすると、塚本紗季は嬉しそうに目を細める。

「そうだね。やれることをやってダメなら、田島くんだって納得してくれると思うし……」

彼女の口からその名前を聞いて、嫌でも胸が締め付けられる。

「あいつとは……仲良くやってんのか」

思わず口に出していた。

塚本紗季は不意を突かれたのか口を開けたままあっけにとられていたが、慌てて首を横に振った。

「も、もちろん仲良くはやってるし……付き合ってるんだから。でも、心配ないからね」

あまりの歯切れの悪さに、拍子抜けしてしまった。

「心配ないってなんだよ。意味が分からん」

「あ、まあ……仲良くやってるってこと。それ以上でもそれ以下でもないから!」

「毎日一緒に帰ってるんだろ？　今日はどうしたんだよ」

俺が問い詰めると、途端に気まずそうな顔をする。

「今日は、ちょっと別々に帰ることになったから。それだけ」

なんだかよく分からないが、心のどこかで安堵している自分がいた。そして、こうしてまた塚本紗季と普通に話していることを実感して、胸が熱くなってきた。

「まあいいや」

そう言って俺は、以前みたいに塚本紗季と一緒に歩いて、彼女の話を聞いて、相槌を打って、ときおり突っ込みを入れて。

またこんな風に彼女と時間を共有することが許される日が来るなんて、思ってもみなかった。

塚本紗季の笑顔は、俺に栄養を与えてくれる。心が温かくなる。

駅で電車に乗って、たくさん話をして――。

あっという間に、時間は過ぎていった。

「また明日」

最寄り駅が迫ってきて、電車がホームに入線する。

塚本紗季は自然な笑顔を見せて、俺に手を振った。

俺はそっけなく「ああ」と言い、背中を向ける。背後からドアの閉まる音が聞こえてきて、電車が走り去っていき、静寂が夕闇のホームを漂った。

仄かに抱いた期待感を振り切るつもりだった。

しかし、胸の鼓動がそうはできなかったことを主張している。

彼女の言葉が、心に刻まれている。もうすでに、俺の一部になったみたいに、感情に訴えてくる。

このままで、いいわけないよな。

もうすでに俺は、何人も巻き込んでいる。俺だけの問題ではない。

だからこそ、やるべきこと、できることにブレーキを掛ける必要はないと思った。

改札を出て、雑踏から少し離れたところに立った俺は、スマホを手に取り、メモ帳を開き、メールの文面を練り始めた。

そのまま十数分が過ぎたが、作業は、歩いて、家に帰って、ベッドに横たわるまで至った。

かしこまった飾りの多い文章をさんざん打ち込んでは消したけど。最後はずっとずっと胸のなかに閉じ込めていた自分の言葉を選びとって、素直に並べることにした。


高柳さんへ。

初めまして。高校一年の、手島孝士といいます。

俺には今、気持ちに応えたい人、助けたい人、喜ばせたい人がいます。

笑顔にしたい人がいます。

そんな気持ちになったことは、今までの人生で一度もありませんでした。

俺は、あなたの声が好きです。

その人たちは、俺の為にたくさん動いて、助けようとしてくれました。

その人たちのおかげで、俺は変わったんです。

俺には辛い時がありました。

高柳さんの声は、いつも俺の支えでした。

時には逃げ場所になってくれたり、時には励ましてくれたり、時にはそっと抱きしめてくれたりするような存在でした。

話し相手が誰もいなくても、あなたの声があったから、俺は生きてこられたんです。

でも、俺はあなたのことを何も知りません。お会いして、お話ししてみたいです。

あなたの声を、ライブで聴かせてください。

よろしくお願いします。


それから数日後。待ち望んだ吉報が受信トレイに届いたのは――文化祭まであと一週間の夜だった。

生憎の天気となり、屋根に打ち付ける雨音が、誰もいない体育館のステージに反響していた。

間もなく文化祭が開幕する。俺たち実行委員は、メインとなるステージの設営と、段取りの最終確認に忙しなく動き回っていた。

メインゲストのキャスティングという大仕事を終えた俺は、校門前にてゲストである高柳奏太朗さんの出迎え、その後のステージまでの案内、打ち合わせを任されている。

高柳さんとは、メールのやり取りを重ね、事前に電話で話すことができた。

「ごめんね。メールは確かに届いていたんだけど、スタッフが番組のテーマとは直接関係のない内容のメールを事務的に弾いてしまっていてね。私が君からのメールに目を通したのが、つい最近だったんだ。間に合ってよかったよ」

まさか、本当に来てくれることになるとは思っていなかった。

高柳さんからしてみれば、自分の息子くらいの世代である高校生からの出演依頼は興味をそそるものだったらしく、ぜひ話をしてみたいと思ったとのこと。

そこからは、時間がなかったということもあり、あっという間に話が進んだ。

事前に宣伝する余地はほとんどなかったが、職員室では高柳さんの全盛期を知る人が多く、大きな支持が集まった。ＰＴＡに情報を公開したところ、こちらの反応もよかったという。客席は一般にも開放しているため、俺たちの親世代もたくさん足を運んでくれるのではないかと、先生たちは言っていた。

「yuzuki.もついでに来たりしないかな……なんて」

一緒にステージの設営をしていた塚本紗季が、そう呟いた。

「誰だそれ」

「知らないの？　今TikTokでバズってる元ボカロPのアーティストだよ。高柳奏太朗さんって、彼のお父さんらしいよ。yuzuki.もむかーし子役でドラマとか出ていたことがあって、そのときの情報から特定されたんだって」

「へえ」

全然知らない。何より俺は病気のせいで心拍数が上がるような音楽は聴けないので、今後も耳にすることはないだろうけど。

午前十時。文化祭が始まり、校内はいつもとは違う賑わいを見せ、ステージのある体育館にも多くの人が詰めかけた。

軽音のバンド演奏に始まり、演劇部のミュージカル、映研のショートムービーなどの演目が進んでいき、ステージには歓声や笑い声が響き渡り、盛り上がりを見せた。

昼を過ぎ、午後の部に入る。雨足がだんだんと強くなり、外の露店から体育館へと避難する人も増えてきた。

俺と塚本紗季は、午後三時に入る予定の高柳さんの出迎えを任されていた。

しかし――わざわざ東京《とうきょう》から広島《ひろしま》まで足を運び、交通費のみで出演すると申し出てくれた高柳さんだが、天候の影響で新幹線が遅延して、未だに広島入りのめどが立っていない。

俺のスマホにも、マネージャーさんから何度も着信が入る。そのたびに、だんだんと雲行きが怪しくなり、切羽詰まっていく。

「下手したら間に合わないかもしれねえな」

俺が焦りを隠せない口調でそう告げると、塚本紗季は「大丈夫だって」と目を輝かせた。

「絶対に中止になんてならないから。せっかく奇跡的に手島くんの想いが届いたんだし」

かく言う塚本紗季も、さっきから何度も時計を気にしている。焦っているのは同じなんだなとため息をついた。

最終ステージまであと一時間。

高柳さんの乗った新幹線はやっと運行を再開したものの、時間的には――恐らくもう間に合わない。実行委員の動きも慌ただしくなってきた。体育館の舞台袖で、先生たちを交えて緊急の会議が開かれた。

「最後のステージは中止にしよう。早めに動かないと、客席で待ってくれている人たちに迷惑が掛かってしまう」

委員長がそう提案すると、先生たちも神妙な顔つきで頷いた。しかし俺は、それではせっかく俺の無理な出演のお願いを聞いてくれた高柳さんの気持ちを踏みにじってしまうと思った。

「先生。文化祭の終了時間を延ばしてもらえませんか？　お願いします」

俺の無茶ともいえる提案に、みんなが目を丸くした。

「そんなのできるわけないだろ」

先生があきれたような口調で言う。重い空気の中、俺は必死に頭を下げた。

「お願いします。高柳さんが到着するまで、俺が場を繋ぎます」

どうやってやるんだよ、と先生たちのうちの一人が笑った。

しかし——俺の隣にいた塚本紗季が、涙ながらに口を開いた。

「私からも、お願いします。無理を言っているように思えるかもしれないですけど……こういう局面を乗り切ってこそ、文化祭を成功させてこそ、意味があると……私は思うんです。私も、高柳さんたちが来るまでなんでもします。よろしくお願いします」

彼女が思いのたけを語ったところで、空気が変わった。委員長も、「それなら俺も……最後の文化祭だし、いい思い出にしたいよな」と言って加勢してくれた。

それでも先生たちの決定は変わらなかった。事務手続き上や安全管理上……終了時刻はどうしても変えられないらしい。

「じゃあ、こうしませんか」

口を開いたのは……賢太郎だった。

「文化祭終了後に、来客という扱いで高柳さんに来てもらうというのは？　確か校内に入るくらいなら、入り口で手続きをすればできますよね？」

職員室内での信頼の厚い賢太郎からの提案に、先生たちが悩ましげな顔をして押し黙る。

「それだと予算上、交通費も計上できなくなるんだが。さすがにまずいだろう」

「そこは俺たちが出し合います」

すぐに委員長が手を挙げてくれた。すると先生たちは顔を見合わせて……笑みを浮かべた。

「仕方ないな……そこまで言うなら、交通費は先生たちがどうにかする。ただし、外部からのお客さんはもう入れられなくなるが……それでもいいか？」

俺たちは何度も頷き、ようやく話がまとまったことに安堵した。

「……ありがとうございます」

こんなに心から誰かにお礼を言ったのは、初めてかもしれない。

それから一時間……無情にも文化祭のステージは閉演の時間を迎えた。

からっぽになったステージ上で、俺たちは待っていた。

やがて、俺のスマホが鳴る。ようやく高柳さんたち一行が、広島駅に到着したとの報告だった。

「俺、迎えに行ってくるよ。急げばあと三十分残っている一般開放時間に間に合うかもしれない」

すぐに体育館を飛び出し、校門まで走った。すると、背後から「孝士！」と呼ぶ声がした。

後ろから走って追いついてきたのは、賢太郎だった。

「今先生に頼んだら、車を出してくれることになった。それに乗って連れていってもらいな」

賢太郎の背後からは、塚本紗季が走ってきているのも見えた。やがて三人揃って校門前で待機していると、ワゴン車が目の前に止まった。

「向こうさんのことも考えると、乗れるのは一人か二人までだね」

車を出してくれたのは、登山部の顧問の先生だった。

「僕と孝士で行ってくるよ。紗季ちゃんはステージの準備を手伝ってて」

賢太郎がそう告げると、考える暇もなく俺たちは先生の車の真ん中の列の座席に、二人並んで座った。

車が大通りに出て、駅へと向かっていく。

ここのところまともに口をきいていない賢太郎と、唐突に同じ空間に居合わせることになり、正直気まずさがあった。

信号で車がゆっくりと止まる。軽い振動とともに停止線の前でアイドリングをし始めた車内で、賢太郎が口を開いた。

「僕は正直、君のことを誤解していたよ」

俺は賢太郎の顔を見た。その横顔は、普段の堂々としている奴の姿からすれば、見たことがないほど落ち込んでいるように見えた。

「どういう意味だ？」

俺が尋ねると、賢太郎は首を横に振った。

「その前に。僕は君に謝らなくちゃいけない」

そう言うと、シートベルトをしたまま、めいっぱい俺に体を向けて頭を下げた。

「おい……よせ。意味が分からない」

正直、困惑する以外なにもできなかった俺は、とりあえず頭を上げるように賢太郎に促した。

「理由を聞いてくれるかい？　君にとっては、言い訳にしか聞こえないと思うけど」

「その妙な体勢のままいられるよりはずっといい」

運転席の登山部の顧問の先生は、何も口を挟まず、じっと前を見据えてハンドルを握っている。

賢太郎はゆっくりと頭を上げると、目に涙を浮かべながら、「ごめんな」と呟いて、話を切り出した。

「僕は君の病気のことを……知っていたんだ」

「誰に聞いた？」

俺が聞き返すと、賢太郎は髪を結ぶそぶりをして、「新学期初日に、机に手紙が入っていてね。体育館裏で待っていたのは、隣のクラスの君の幼馴染だったたんだ」と答えた。

あいつ……大人しくしているとは思わなかったが、わざわざ手紙まで書いて賢太郎を呼び出していたのか。

「で、あいつに病気のことを聞いて、なんで俺に謝らなくちゃいけないんだ？」

賢太郎は、神妙な面持ちで、「君を傷つけてしまったから。君の病気を治すためとはいえ――そんなことをした自分が今は情けなくて仕方がないよ」と答えた。

「治す……？　どうやって？　恋滅症は一度発症すれば、もう進行を止める方法はない。お前だってそれくらい知っているだろ」

俺が不思議そうな顔をしていると、賢太郎は真剣な眼差しで話を続けた。

「彼女が言っていたんだ。——恋滅症は、恋をした人間との関係を絶ち、気持ちがなくなれば治るケースがあるって」

俺はため息をつき、かぶりを振った。

「あいつはそうやって大げさに言って、俺の症状がこれ以上悪化しないように俺から紗季を遠ざけようとしたんだろ。それで病気の進行を遅らせることはできるかもしれないが、治す方法がないことに変わりねえよ」

俺がそうはっきり答えると、賢太郎は沈痛な面持ちで俯いた。

「そうか——。でも、僕も彼女と同じ気持ちだよ。君の病気が治るのなら……君が少しでも長く生きられるなら、たとえ君に嫌われても、恨まれても構わないという覚悟だった。紗季ちゃんに頼まれたこととはいえ、君たちが両想いになるように仕向けたのは僕だ。だからこそ、責任を感じていたんだ。でも……僕が間違っていたよ。君が本当は誰かの助けを必要としているなら僕が救ってあげようって、その役割は僕にしかできないなんて驕りがあったんだと思う。だから君の為にとか綺麗ごとで自分を誤魔化しながら、君に嘘をついて騙して。でもそんなのは間違いだった。君は僕の力なんて借りなくても、これまでずっと辛いことを独りで乗り越えて、病気と向き合って生きてきたんだ。君は僕が思っている以上に、強くて優しくて、責任感がある人間だって、思い知ったよ」

ほとんど感情的になることがない賢太郎の目に涙が溢れ、クールな顔がくしゃくしゃになる。

「僕にこんなことを言う資格がないのは分かってる。でも、やっぱり辛かったよ。計画を実行するにあたって、ぜんぶ覚悟の上だったはずなのに。君と前みたいに……気楽に話したり、相談に乗ったり、冗談を言ったり。そういう関係性でいられなくなることが、辛くて辛くてしょうがなかった」

子供のように洟をすする賢太郎。そんな姿を目にして、俺は少しでもこいつのことを疑ったことを後悔した。

「別に誤解じゃねえよ」

俺は下を向き、嗚咽する賢太郎に向けて語りかけた。

「俺はどうしようもない人間だったからな。病気と向き合うどころか、それを言い訳に人と関わることを放棄して……とにかく逃げて逃げて、小さな世界に閉じこもってた。どこが強いんだ？　自分のことしか考えられない弱い人間だろ？　そんな俺に、声を掛けてくれたのは誰だよ。無愛想でしかなかった俺に、それでも諦めずに関わろうとしてくれたのは……お前だろ？」

賢太郎は信じられないといった表情で、首を横に振った。

「でも……僕のこと、恨んでるだろ。君が何よりも大切にしていたものを……奪おうとして。こんな僕なんて……」

俺は賢太郎の肩を摑むと、顔に手を伸ばし、やや荒々しく眼鏡をぶん取った。

「俺を見ろよ。別に恨んでねえ。もう気にしてねえ」

賢太郎はきょとんとして俺の顔を見つめている。

「最初にこうやって奪い取ったよな、俺のイヤフォン。正直ウザかったな……イラッとした。これでおあいこだろ。だからもう、それ以上言うな」

俺は曇って白くなっていた眼鏡を賢太郎の手の中に返して、ぷいと視線を窓の外に向けた。

「俺は友達だと思ってたよ。親友だと思ってる。今もこれからも。……悪いか？」

賢太郎はポケットからハンカチを取り出して曇っていたレンズを拭き、かけなおしてからぽつりと呟いた。

「あれ、やっぱりウザいと思ってたんだな」

「そこ気にしねえのがお前の良いところだろ」

そう言って俺たちはやっと笑いあえた。

車が横川駅前の交差点に差し掛かる。俺はひとつ、気になっていたことを賢太郎に尋ねた。

「ちなみに塚本紗季もなのか？」

「何がだい？」

「自由に……嘘をつかれて、お前と付き合った振りしてたのか」

「そうだよ。僕と同じように、手紙で呼び出されて君の病気のことを打ち明けられたって、後から彼女に聞いた」

　すると賢太郎は俺の顔をじっと見つめたあと、嬉しそうに俺の肩をぽんと叩いた。

「でなきゃそんなことするわけないだろう？　彼女は君のことが大好きなんだから」

　こいつ……揶揄いやがって。俺は動揺を誤魔化すように、「とにかく……」と話を変えた。

「自由のやつ……帰ったらお灸《きゅう》を据えないとな」

　俺がそう憤ると、賢太郎は「彼女なりに君を想ってのことだから、あんまり責めないでやってくれよ」と俺に釘を刺した。

　先生の車が広島駅に到着すると、ロータリーの端で、高柳さんとマネージャーさんの二人の姿を見つけた。

　挨拶もそこそこにワゴン車に乗り込んでもらうと、座席に腰掛けた高柳さんが、ロータリーの信号待ちで後ろの列に座っている俺に優しく声をかけてくれた。

「君が手島くんか。やっと会えたね」

　間近で聞く高柳さんの声は、イヤフォンから鼓膜を揺らしていた音と同じように、俺の心に心地よく響いた。

「こちらこそ、お忙しい中わざわざ広島まで来ていただいて、ありがとうございます」

かしこまった挨拶をすると、高柳さんは陽気に声を上げて笑った。

「礼儀正しいなあ。なんかイメージと違ったけど、ますます君に興味が湧いてきたよ。今は時間がないから、あとでゆっくり話をしよう」

俺と話をする前に、高柳さんはきっちりと仕事を果たしてくれた。

車を出してくれた先生のおかげで、一般開放時間終了十分前にギリギリステージ入りすることができた。まだ体育館に残ってくれていた年齢の高い一般のお客さんや、職員室のベテランの先生たちが熱い視線を注ぐ中で往年の曲が二曲披露され、拍手喝さいの中ステージは幕を閉じた。

しかし、ステージはそれで終わりではなかった。

一般のお客さんたちが帰った後に、高柳さんは生徒たちに向けてもう一曲披露してくれた。

「せっかく高校に招待してくれたので、最近の曲をカバーします」

公にはしていないが、息子であると噂されているyuzuki.の楽曲を、ギターアレンジで歌い上げてくれた。

体育館にいた生徒たちは自然と手拍子が沸き起こるほどの盛り上がりを見せて、フォークソングを持ち歌とする高柳さんにしては珍しく、ギターをかき鳴らし、ステージ上を所狭しと動き回った。

「ありがとう。今日のみなさんとの出会いに感謝します」

　そう言って鳴りやまない拍手の中、舞台袖へとはけてきた高柳さんは、進行を務めていた俺たち実行委員一人一人と握手をし、つかの間の延長戦となった文化祭は幕を閉じた。

　高柳さんは夜もラジオの収録があるらしく、その日のうちに東京へと戻ってしまう。その前に、少しだけ中庭で立ち話をしてくれた。

「あの……もしかして、アンコールの曲って……息子さんのですか？」

　高柳さんは、照れ笑いをしながら教えてくれた。

「そうだよ。息子のこと、愛しているから。でも本当は、息子の為とかじゃなくて……この場を借りて、私が歌いたかっただけかもしれないな」

　ネットの噂によると、高柳さんは息子さんが物心つく前に離婚していて、yuzuki. とはほとんど会っていないらしい。

「歌いたかったって……どういう意味ですか？」

　高柳さんは嬉しそうに目じりを下げる。

「息子がね、音楽をしているって聞いたのは、彼がデビューした後だった。すぐにネットで彼が無料で公開している曲を聴き漁ったよ。私と全然タイプは違うけど、同じ道を進んだんだって思うと、涙が止まらなくなってね」

　すぐにギターを手にコードをアレンジして、自分のものにした。

「曲、俺は知らなかったんですけど……すごくよかったです。息子さんが聴いたら喜びますよ」

高柳さんは悲しげな顔をして、ポケットに両手を入れた。

「でもね。正直ちょっと後悔しているんだ。今回は私からの一方的な気持ちで披露してしまったけど、彼には迷惑が掛かったかもしれないからね」

「迷惑じゃないですよ、きっと」

俺が食い下がると、高柳さんは遠い目をした。

「愛や恋ってやつは、いつも綺麗で美しいわけじゃない。人のことを傷つけたり、大切なものを壊してしまったりすることもあるんだ」

高校生の俺にはまだ早すぎるかもしれないと前置きをしながら、高柳さんは教えてくれた。

高柳さんが三十代のとき。とある女性に恋をし、深い関係になり——子供を授かった。このまま幸せな家庭を築いていこうと決意するが——相手の女性は既婚者であったことが判明する。

狼狽え、ショックを受ける高柳さんに突き付けられた現実は——お相手との示談《じだん》交渉だった。

結局高柳さんは、和解の為の金銭の支払いと、二度とその女性と会わないという条件を呑んだ。

実際それ以来高柳さんは約束を守り続けた——子供にも会えないまま。

「今は……その女性のことは、どう思っているんですか」

俺が尋ねると、高柳さんは腕組みをして、悲し気な視線を俺に向けた。

「好きだよ。ずっとずっと気持ちは変わっていない。でも、この恋は正しくなかったんだ。お相手の家族には申し訳ない気持ちでいっぱいだし、自分がしたことが許されるとは思っていないよ」

正しくなかった……か。それを聞いて、俺は黙り込んでしまった。

そんな様子を見て、高柳さんは俺の肩を抱いて、耳元で優しく囁いた。

「手島くんは、恋をしているのかい？　何となく分かるぞ。実行委員で一緒だった、あの女の子だろう？」

俺が肯定も否定もせず黙っていると、「図星か」と高柳さんは無邪気に笑った。

「でも、付き合うとかそういうのはないですよ」

高柳さんは不思議そうな顔をする。

「そうか。でも、君はそれでいいのかい？」

俺は黙ったまま、しばらく自分と向き合った。

ひんやりとした風が、砂を浚い、落ち葉を巻き込んで背後から前方へと流れていく。その場に両足を揃えたまま、俺は顔を上げることなく答えた。

「はい。でも、俺の気持ちは変わらないです。この先死ぬまで、ずっと」

それがごく近い将来だとは言えない。

高柳さんは一歩、俺に歩み寄り。そっと俺を胸に抱いて、背中をとんと叩いた。

「全てを選び取ることはできない。それが人生だよ。どの道を歩んだとしても、後悔はきっとついてくるんだからね」

その言葉を聞いて、はっとした。確かに俺は……後悔することを恐れているのかもしれない。でも高柳さんが言う通り、何を選び取ろうとも必ず後悔がついてくるとしたら。自分が信じた道を、胸を張って歩むべきじゃないか。

高柳さんは、自分自身の息子さんへの想いを重ねているのかもしれない。それでもその言葉は、いつも俺を癒やしてくれていた声は、俺の心に重く、だけど心地よく響いた。

高柳さんを見送り、実行委員のみんなと体育館の片づけを終え、教室に戻った。そこではクラスメートたちが談笑していて、俺が教室に入るなり、テンション高く声をかけてきた。

「手島くん、お疲れ。今日は楽しかったよ。来年はyuzuki.と一緒に出てほしいって、今からお願いしておいてな」

そう言ってみんなで笑う。一緒にいた女子も「態度でかーい！」と苦笑いしており、和やかな雰囲気に包まれていた。

「そうそう。今日一番頑張ったのは、手島くんだからね。みんな感謝しなくちゃ」

隣にいた塚本紗季が俺に目配せをし、賢太郎がそれに応じて、拍手をする。すると教室にいた、男子も、女子も。みんなが拍手をしてくれて。俺はどうしたらいいのか分からなくなった。

「ありがとう」

つい、言葉に出た。みんなに聞こえたかどうかは定かじゃない。でも俺は、心からその言葉を伝えたかった。

「えー。手島くんって、そんな顔するんだ。いいじゃん」

どんな顔だよって、突っ込みたくなった。あれだけ避け続けて、こちらの思惑通りに嫌われていた女子たちからそういう反応をされて。

でも、今更どうでもいいってことに気づく。もう俺は道を選び取ったんだから。あとはどうせならよりよい道にするだけなんだって。

「このノリでみんなでカラオケにでも行く？　紗季も委員長も、手島くんも来ちゃいなよ」

なんだかよからぬノリに巻き込まれそうだなと苦笑いしていると、対面にいた女子が驚いた顔をして、俺の背後に視線をやった。

「……何みんな仲良くしてんの？」

尖った声が、空気を一変させる。教室の入り口に立っていたのは、自由だった。

「自由ちゃん、お疲れー。一緒にカラオケ行く？」

クラスの女子が声を掛けると、自由は無視して俺の目の前へと歩み寄った。

「せっかく手伝ってあげてたのに。みんなに嫌われて、避けられるように。台無しじゃん」

　そして賢太郎と紗季を指さし、絶叫に近い声で叫んだ。

「お前らも！　これ以上関わるなって言ってんじゃん！　こーちゃんを殺す気なの？　ずっとずっと私だけがこーちゃんの為に自分を犠牲にして頑張ってきたのに。どうして奪おうとすんの？　こーちゃんを返しなさいよ。この人殺し!!」

　足元に泣き崩れる自由。

　騒然とする教室。「どういうこと？」と混乱している女子たち。

「もういいって」

　俺は自由を宥めようとするが、彼女は涙声で「全部嘘だから」と嗄れた声で続けた。

「こーちゃんが万引きしたとか暴力事件起こしたとか。悪い噂は、全部私の作り話。こーちゃんが態度悪かったのも、人と関わると進行しちゃう病気のせいだって。知ってたのに、みんなに黙ってた。こーちゃんに生きていてほしいから。こーちゃんを失いたくないから」

「人と関わると進行する病気って……？」

　クラスメートがざわめき始める。そして俺は、彼女を庇うように傍らに立ち、呟いた。

「恋滅症なんだ。こいつだけはそれを知ってて、ずっと俺の為にやってくれたことなんだ。だから、悪く思わないでくれ」

　静まり返る教室。まさかクラスメートが巷で話題になっている奇病に罹っているなんて……と動揺が広がっているように見えた。

「ごめんなさい……」

自由が泣きながら言葉を絞り出す。

「いいって。今までありがとうな。もう大丈夫だから」

するとと自由の目にまたぶわっと涙が溢れて、クラスのみんなで彼女が落ち着くまで慰めた。

「恋滅症って……発症するともう助からないんだろ？　大丈夫なのか？」

クラスメートの男子が心配そうに声を掛けてくれる。

「ああ。今のところはな」

そう答えると、みんなが安堵してくれた。ちょっと後ろめたいが、雰囲気を悪くしたくないという気持ちもあり、既に発症していることはクラスのみんなには伏せておこうと決めていた。

「でも、大変だったよな。誰にも言わずに。俺だったら、怖くて絶対誰とも喋れなくなるだろうな」

そう言って、共感してくれる人もいた。今まで避け続けていたクラスメートからそういう言葉をもらえるなんて、思ってもみなかった。

「……人と関わる機会が増えれば、発症するリスクも高くなる。だからいいってわけじゃないけど、今まで過剰にみんなのこと避けて、感じ悪い態度とって、悪かったたって思ってる」

「それは……仕方ないよ」

「……私たちも、知りもせずに悪く言ってごめん」

みんな、口々にそう言ってくれた。病気を盾に、意地を張って壁を作っていた今までの自分が情けなくなる。

「……だったらあの噂ってやっぱり本当だったのかな」

クラスの女子の一人がそう切り出す。

「なに。その噂って」

自由に寄り添っていた塚本紗季が聞き返す。

「私の違う学校の友達が言ってたんだけど。以前電車内で子供を助けた高校生って、手島くんなんじゃないかって。その子のお母さんが電車内にいたらしいんだよね。でも普段のイメージ的に絶対ありえないでしょって、誰も信じようとしなかったんだけど」

塚本紗季が驚いた表情をしている。どうやら彼女もこの噂については把握していなかったらしい。

「で、どうなの？」

クラスの男子が尋ねてくる。もうそんなことに拘る理由もないので、「ああ」と素っ気なく頷いた。

「えっマジで」

教室に驚きの空気が広がる。どうやらみんなまだ半信半疑らしい。

「ごめんね。僕は彼と仲がいいから実は知ってたんだけど、彼シャイだから、そっとしておいてほしいって言われてててね」

賢太郎が俺の代わりに言葉を補うと、みんなが感心したように頷いていた。

「俺、今回の文化祭で初めてみんなと関われて……こういうのもいいなって思ったよ」

照れ臭くなって俯くと、近くにいた男子が肩を叩いた。

「だよなー。俺らも楽しかったし。手島くんが実行委員やってくれてよかったよ」

既に、俺に注がれる視線は歪んでいない。俺はこの教室で、少しだけ世界が広がったような感覚を得ていた。

「みんなお疲れ様！」

文化祭を終えた後。俺、賢太郎、紗季、自由の四人で家路についた。

自由は、まだしょんぼりしていた。そんな彼女に付きっ切りで寄り添っていたのは、俺ではなく塚本紗季だった。

彼女たちは、二人で何か言葉を交わしていた。俺と賢太郎は少し離れて、並んで歩いた。

「……で、お前ら本当はどうなんだ？」

俺がそう切り出すと、賢太郎は「紗季ちゃんのこと？　まさか」とかぶりを振った。

「車の中でも言ったけど。君の病気が治るためなら何だってするつもりで、僕は君に嘘をついた。どれだけ嫌われても、憎まれてもいい。そういう覚悟だった」

賢太郎は塚本紗季に視線をやり、悩まし気に眉間に皺を寄せる。

「でも、君が運命を受け入れていて……恋を貫くという意志が固いのなら、僕はもう邪魔することはできない。君の友人として、君の支えになりたいし、背中を押したい」

そして、俺の肩を抱き寄せて、きざったらしく呟いた。

「もう嘘はつかないと誓うよ」

俺は、涙があふれそうになるのをぐっとこらえて、賢太郎から顔を背けた。

「どっちみち、俺にはお前くらいしかつるむ相手がいねえよ」

照れ隠しというのには無理があったが、さらっと本音を言うほど素直ではない。

それでもいいと言ってくれる存在が傍にいることに、感謝した。

「僕ちょっと彼女と話したいことがあるから。君たちは先に帰っててよ。じゃあね」

そう言って賢太郎は俺の背中をぽんと叩き、近くのコンビニの方へと歩いていった。

自由のことは気がかりだが……賢太郎と一緒なら大丈夫だろう。

彼らと別れると、紗季と二人きりになり――駅に向けて歩き始める。

互いの影が重なり合うくらいの距離で、緊張した空気を間に挟みながら。俺は、高揚している気持ちを落ち着かせようとしていた。

「あの……」

先に切り出したのは、紗季だった。俺の顔を見上げながら、恐る恐るといった感じで声を掛けてくる。

「体調は大丈夫？」

　気を遣わせてしまっているという申し訳なさと、気に掛けてもらっているという嬉しさが心の中で混ざり合う。俺はそういった感情を悟られたくなくて、「ああ」と曖昧に頷いた。

「ごめんね、私のせいで……それなのに、嘘ついて手島くんのこと傷つけてしまって」

　紗季の表情は曇っていて、落ち込んでいるように見える。

「……賢太郎から聞いたよ。悪気はないんだろ。それに、俺の為にやってくれたことだ」

「でも、急にあんな態度取ったりして……本当に後悔してる」

　紗季が俺のせいで自分を責めるのは、俺にとって望む状況じゃない。

「いいからもう気にするな」

「気にするよ！」

　紗季は少し感情的になっている。俺は思わず彼女の肩に手を触れたくなったが……はっとして、そっと拳を固く握り、背中へ回した。

「新学期が始まってすぐに、自由ちゃんに呼び出されて手島くんの病気の話を聞いたんだ。どうしたらいいか分からなくて、田島くんに相談しようと思って声を掛けたら、彼も同じ頃に自由ちゃんからそのことを聞いたって言ってて。だったら私は、病気をこれ以上進行させないために、手島くんに嫌われなくちゃいけない。それで二人で話し合って、私と田島くんが付き合ってるって嘘をついて、二度と関わらないって一度は決心したんだけど……。結局、孤立している姿を見ていられなくなって、その上自分の気持ちを優先してぜんぶ台無しにして。手島くんの力になることも助けることもできず……本当になにやってんだろうって」

涙声でそう訴える彼女の姿を見ていると、俺の為にここまで悩んでもらえるなんて、とても幸せなことなんだと、胸が震えるような心地になった。

「お前は悪くない。いいから泣くな」

二人で歩いて駅のホームに並び、電車を待つ。踏切の警報音が鳴る音と、風の音。

この静寂が、隣に紗季がいるという事象を際立たせる。

地平線の向こうから、電車のライトが瞬く。やがて入線してきた電車に、俺たちは連れ立って乗り込んだ。

電車が駅を出て、何分か揺られても、俺たちはそれ以上言葉を交わすこともできず。

俺は、ずっと目の前の彼女のことを考えていた。

これから俺は、どうすべきなのか。自分を責める彼女に、これ以上何をしてあげられるのか。

彼女に背負わせてしまった運命を——どう解決したらいいのか。

車内アナウンスが、次の駅名を告げる。

ボックス席にいた乗客が、次々に席を立ち、荷物を手にドアの近くへと移動し始めた。

この電車と同じように——世界は入れ替わりを繰り返しながら、いつか終点にたどり着くまで、止まることはない。

だったら彼女をどこかの駅に置き去りにして、俺だけが行けばいい。俺が選んだ道に、彼女を巻き込み、傷つけながら進み続ける必要はない。

窓際に立つ。煌々と光を放つ駅のホームへと滑り込んだ電車が、俺の最寄り駅への到着を告げた。

ドアが開く。

空気が入れ替わり、人の波が大きく動き始める。

去らなければいけないタイミングで、俺は確信した。

理屈では分かっていても、逆らえない。抗うことを、望んではいないってことを。

恋は、俺の心を優しく支配する。

だから、と言い訳をした。

「好きだ」

彼女に触れることもなく。顔を見ることもなく。世界で一番といってもいい、ありきたりな言葉を彼女の心に置いて、俺は電車を降りた。

第4章

私の恋は、どこへ行くのだろう。

朝の空気は、澄んでいる。

昨日という一日を、陽が沈んでいる間に洗い流して、新しくなった日。それが朝なんだと、最近思うようになった。

スクールカーディガンの袖を指先までめいっぱい伸ばす。手を温めようとして吐いた息が目の前に白く浮かんで、霧のように散っていく。

いつもの通学ルートの途中にある、赤信号の長い交差点。歩道橋を設置してくれれば……とずっと思っていたのだが、どうやら工事の計画があるらしい。

それでも、完成する頃にはもう卒業している。私はもうこの道を習慣的に通らなくなるだろうし、この街にいるのかすらも分からない。

視線の先に、信号が青なのに渡らずに、スマホにじっと目を凝らしているブレザー姿の男子生徒がいる。

とっさに隠れられそうな場所を探す。しかし、その前に孝士は私に気が付いてしまった。

孝士は、どぎまぎする私を視界に捉えて。身の置き所がなさそうな様子で頬をかいて、背を向ける。

点滅する青信号にせかされるように、私は小走りで彼のもとへ向かった。

「おはよう。急に寒くなったね」

声を掛けると、孝士は「渡るか」と言って信号機を見上げる。

二人して白い息を吐きながら渡りきると「ああ、疲れた。しんどい」と孝士が息を切らした。

「もう、無理するから」

彼の背中をさすりながら、私はうっすらと汗をかいている彼の額を、鞄から取り出したタオルで拭いた。

「ありがとう」

苦しそうに膝を折っている彼が、精いっぱい微笑んでくれる。「いいって」と言いながら、私は照れくさくなって顔を背ける。

あの日――。

恋をすると死んでしまう彼が、私のことを好きだと言った。

その言葉を、どれほど待ち望んでいたのか分からない。彼の心を見たくて、知りたくて。私は悩んで、焦って、泣いてきたのだ。

私だって、彼のことが好きなのだ。

それなのに、私たちは付き合ってはいない。待ち合わせもしないし、教室で仲良く話したり、見つめあったりすることすらない。

校門前の路地を歩きながら、彼の横顔を見つめる。

少し、痩せたように見える。足取りも、どこか弱々しい。

「すっかり寒くなったな」

彼が言葉を返す。私は胸の中にある気持ちとは別の言葉を取り出した。

「また暖かくなるよ。それまで我慢だね」

短い言葉のやり取りが、溶けることなく心に浮かんでいる。気持ちを消化しきれないまま、ここのところずっと私は、静かに涙をこらえている。

彼の命を削るわけにはいかない。

私の切実な願いは、彼に少しでも長く生きていてほしいということ。

時計の針を止めることはできなくても、速めるわけにはいかない。

「今日は大事な話がある」

廊下を歩き、教室に入る直前で、彼はそう切り出した。

「えっ……うん。分かった」

一直線に自分の席に向かう孝士の背中。私が席に着くと、七海が近付いてきて、朝のホームルームが始まるまで談笑する。

会話に気持ちが付いていかない。彼が置いていった言葉が心に引っかかったまま。

昼休みに入ると、孝士は田島くんと連れ立って教室を出ていく。

彼らが何をしているのか、私は知っている。隣のクラスの自由ちゃんと一緒に、ウサギ小屋でウサギに餌をあげているらしい。

私も田島くんから聞いたときはなんだそりゃと思ったけど。どうやら自由ちゃんが捨てられていたウサギを拾って病院に連れていったらしい。ウサギは順調に回復したけど、家での飼育は許されず、生徒会の田島くんの口利きで学校の使っていなかった飼育小屋で飼わせてもらっているらしい。

あの一件以来、自由ちゃんの学校での立場を心配していたのだけども、孝士たちとうまくやっていってるみたいで正直安堵している。

とはいえ、一抹《いちまつ》の寂しさも心の端にある。私の交友関係と、彼ら三人は、学校であまり重なることがないから。

私が学校で孝士のことをなるべく避けるようにしているのだから、仕方がないのだけれども。

放課後、私は孝士のもとへ向かった。

昼休みに声を掛けてこなかったのだから、話をするとすれば下校中しかない。歩み寄る途中で視線が絡まった孝士は、何も口にせず、鞄を肩にかけて廊下へと出ていく。

私が追いかけると、孝士は目を合わせることなく切り出した。

「外で、帰りながら話すから」

狭い路地を、縦に並んで歩く私たちは、とうとう駅のホームに着くまで無言だった。とりとめのない話をする気にはなれなかったし、私の方から〝大事な話〟とやらを切り出すよう求めるのも気が引けた。

正直、今日は一日、授業中もずっとずっと気になって仕方がなかったけれど。恐らく病気に関係する話であると予想できるし、当事者である彼が口に出しにくい内容だと察したからだ。

電車がやってくるまでに、時間があった。

「座ろうか」

ベンチの方を向いて彼を促したが、彼は黙ったまま首を横に振った。

「手術を受けることになった」

制服のポケットで両手を温めたまま、彼は告げた。

思わず言葉を失う。どこか遠くから踏切の警報音がはっきりと聞こえてきて、この一瞬の静けさを際立たせた。

病気に関する話だって、心の準備はできていた。

しかし、その言葉には輪郭がなく曖昧で。どう受け止めるべきか私は迷った。

それでも、まず初めに表出した感情は、嬉しさと安堵だった。浮足立つ気持ちを抑えきれず、早口で彼に尋ねる。

「それって、病気を治すための治療ができるってこと？　確か今まで治療法は見つかってないって……」

孝士は黙ったまま頷く。

「え？　そうなんだ……」

だとしたら朗報だ。とてつもなく明るい話題だ。私は続けて「おめでとう」と口にしかけたが、彼の様子を見て思いとどまった。

彼はずっと俯き加減で、私と視線が重ならない。表情は淀んでいて、緊張しているようにも、悲しんでいるようにも見える。

何かある。そう感じて身構えると、やがて彼が口を開いた。

「恋滅症って診断されてからも、父親がずっと治療法を探し続けてくれていて……そのなかで、つい最近臨床試験が始まった治療法の情報が耳に入った。担当医を通してすぐに申請をして、適格基準を満たしているか検査をして、それが昨日……通った。この治療法であれば、手術がうまくいって予後が良好なら、完治も望めるらしい」

彼の様子とは裏腹に、聞こえてきたのは、さらに前向きな情報だった。

「そうなんだ……でも……」

すぐさまさらに問いかけようとした私の言葉をかき消すように、貨物列車が目の前を通過して、十数秒ほど轟音と風圧がホームを支配する。

その後は、再び時間が止まったような静寂が訪れる。彼は唇を噛んだまま、感情を押し殺すように、山にかかる雲の切れ間を見つめていた。

私の心は揺れていた。本当にその治療法は、大丈夫なのだろうか。

不治の病として知られている恋滅症に、治療法が見つかった。素直に喜ぶべきなのだけれど……今までずっと治療法が見つかっていなかったというのに、それは本当に信頼できるものなのだろうか。手術は本当に安全で、安心できるものなのだろうか。万が一失敗したり、全く効果がなかったりしたら……。

不安げに言葉を選んでいる私の様子を見て、孝士が口を開いた。

「うまくいく保証はない。でも手術はそこまで危険性が高いものじゃないから、そんなに心配はしてない」

私は、一度出かかった言葉を心の脇に置く。代わりに口に出したのは、どうかそんな不安が杞憂《きゆう》であってほしいという私の願望と、彼の言葉を信じたい気持ちが濃く交じったものだった。

「良かったね。これからいろいろ大変だと思うけど……」

「でもダメなんだ」

孝士が私の言葉を遮る。嫌な予感が私の胸を締め付ける。

「どうして？」

困惑する私の耳に、運命を呪うような言葉が届いた。

「恋ができなくなる」

その瞬間、孝士は悔しさを押し殺すような表情をして、視線を逸らしていた。

「え……どういうこと？」

混乱してそう聞き返すと、さっきよりも落ち着いた声で、彼は淡々と言葉を並べた。

「その手術を受けると、恋滅症を治すことができる。でも代わりに、もう二度と恋ができなくなるんだ」

「恋が……できない？」

私のなかで、いろんな感情が交ざっている。どれも濁った色をしている。その中で特に濃い〝絶望〟と〝困惑〟をまとめて取り出して、整理のつかないまま私は思わず口に出した。

「……忘れちゃうってこと？」

私を好きだって言ってくれたこと。そこに至るまでの感情の動きや、私に関するすべてを……？

「記憶はなくならない。消えるのは、感情そのものだ。手術によって中枢神経の異状をコントロールする代わりに、恋という現象が起こらなくなる」

私は黙り込み、頭が真っ白になりそうだったけれど、必死にどう答えるべきか考えた。

本当は、泣き出したいほど胸の中がかき乱されていたし、実際に指先の震えが止まらなくなっていた。

怖い。でも彼は、もっと怖いはず。私が取り乱したら、彼を困らせてしまう。

「……そっか」

心の内とは真逆に、彼の告げた事実を、最大限に受け入れたふりをした。

それでも……「だったら手術を受けなきゃ」とすぐに言い切れなかった自分が情けなかった。

何かをきっかけに恋が冷めてしまう。よくあることだ。諦めるのは難しいし、互いに傷ついてしまうこともある。私への感情の変化と引き換えに命が助かるというのなら、もはや迷う余地などない。

私は、自分の中にとてつもないエゴが見えてしまったみたいで、心底嫌になった。

「手術は……受けるんだよね？」

迷いを引き連れて、やっと私はその言葉を口にした。

地平線の向こうに、電車のライトが薄く光る。線路上を駆け抜ける車体は、やがて轟音を立てながらホームに滑り込んで、扉を開いた。

「俺は忘れないからな」

さっきまで淡々と事実を告げていたのと違い、その言葉は、彼の感情によって肉付けされていた。

忘れない、という言い回しに、私はますます胸の痛みが増して、その場にうずくまりそうになる。

私を好きだと言ってくれた孝士のことを、手術を受けたあとの孝士は、別の人格として胸にしまっておくことになる。

現実を受け入れなくちゃいけない瞬間が、彼にはこれまでいくつもあったはず。だからこそすでに備わっていた覚悟が、彼にそう口にさせたのかもしれない。

「良かったじゃん。せっかく手術受けられるんだから、頑張ろうよ」

ぎこちない笑顔と共に、彼を勇気づけようと心の中から引き出した精一杯の言葉が、吐く息に交じって白く浮かび、すぐに消えていく。

苦しいのは彼だ。私は、勝手に苦しんでいるだけ。

何よりも優先しなければいけないのは、彼の気持ち。

彼が生きたい、と願ったなら、私は背中を押してあげなくちゃ。

今、彼の前で泣いてはいけない。

そう自分に言い聞かせた私は、彼に感情を悟られないように、一足先に車内へ乗り込んだ。


手術の日まで、あと一週間。

孝士との関係は、あれ以来一か月間変わらず……教室ではあまり関わることもなく。かといって互いに無関心であるわけではなく。

授業中、彼とまた目が合った。彼は今何を考えているのかな？　と気にしていた矢先だった。

彼に私のことが好きなんだと、そう告げられたにもかかわらず、未だに現実感がない。

彼は相変わらず無愛想で……よく言えば物静かで、淡々としていて……言い方を変えればクールで。

彼とは両想い……であるはずなのだから。それらしく振舞いたいという欲求は常にあった。

私は、今の状況を喜ばしく思っているわけではない。しかし、理解はしていた。

私という存在は、トリガーだ。彼の命は、首の皮一枚で繋がっている状態だ。それを断ち切る出来事が、手術までにあってはいけない。

かといってその日を指折り数えて待っているわけでもなく。

手術を無事に終えて、彼に生きていてほしい。それだけで十分なはずなのに……それによって彼の心がなくなってしまうという現実からは目を背けようとしている。

どこか悶々としていた。そんな一か月間だった。

昼休みに入り、いつものように友達と机を寄せ合ってお弁当を食べようとしていると、孝士が私の机にやってきた。

「ちょっといいか」

彼は、私の目をしっかり見ていた。

教室で堂々と話しかけてくるのは彼らしくなく、切迫しているように見えた。

「……あ、ごめん忘れてた。ちょっと行ってくるね」

私はとっさに機転を利かせて事前に彼と用事があったふりをし、眼を丸くしている友達に断って、孝士と一緒に廊下に出た。

「どうしたの、急に」

そこで話しかけようとすると、彼は立ち止まらずに廊下を通り過ぎて階段を下りていく。やがて中庭までやってくると、ようやく彼は切り出した。

「お前に頼みたいことがあるんだ」

やっぱり彼は、どこか緊張しているように見える。汗をぬぐいながら、苦しそうに息を吐いて、じっと私のことを見据える。

「いいよ。なんでも言って」

私が笑顔を見せると、彼は寂し気に視線を落とした。

「これを、返しに行きたい。一緒に来てくれないか」

彼がブレザーの内ポケットから取り出したのは、紫色の紐で結ばれた白いお守りだった。

「お守り？」

不思議な気持ちでまじまじと彼の手元を見つめる。そういえば、以前彼が持ち歩いているのを見かけたことがあった。

「小さい頃、母さんにもらったお守りだ。もうボロボロだけどな」

そう言って端がほつれたり破れかけたりしているお守りを見せてくる。掠れているが、表面には六角形の模様が三つ連なった紋章とともに、金色の文字で〝御神衣守《ごしんいまもり》〟と書かれている。

「大事にずっと持ってたんだね。でも、どこに返すの？」

彼はお守りを裏返した。

「宮島《みやじま》の、嚴島《いつくしま》神社。お守りのご利益は、一年と決まってる。過ぎたものは返しに行かなきゃいけない」

ずっと大切に持っていたということは、彼にとって母の形見のような存在なのだろう。

「いいの？　手放しちゃって」

彼は黙ったまま頷く。

私は答えを返す前に、しばし考えた。

恐らく、お守りに関しては、ずっと考えていたことなのだろう。

手術までにやっておきたい……整理しておきたいこととして、不自然な点はない。

でも、私の自意識過剰でなければ……彼の本当の目的は、そこに私と一緒に行く、ということだと感じた。

彼の手の中に収まっているお守りを見つめる。

固まってしまっている私に、孝士が不安げに視線を落としてくる。

私の気持ちとしては、もちろん行きたい。少しでも彼と共にいたい。

それでも即答できないのは、彼の病気の発症の引き金となった私という存在と一緒に過ごすことで、手術を受ける前に彼の容体が急変するかもしれないという不安があったからだ。

それは、これまでずっと彼と関わることを極力避けてきたのと、同じ理由だ。

「もちろん、行きたいんだけど……付き添うのは、私以外じゃダメなのかな。お父さんとか、田島くんとか」

「お前じゃなきゃ意味ないんだ」

その答えは、想定を上回る反射速度で返ってきた。

あっけに取られている間に、彼が私の手を摑もうとして、躊躇する。やがて周囲を気にする素振りを見せ、その手を背中に回しながら言葉を続けた。

「病気のことなら、先生に相談してるし、症状を抑える薬も処方してもらってるから、心配する必要はない。お前に迷惑をかけることはない」

そこまで言われてしまえば、もはや断るという道はなかった。

お前じゃなきゃ意味がない、という甘い響きに、これまで頑なだった意志が揺らいで、ついに折れてしまった。

「……うん」

私が小さく頷くと、孝士は「行ってくれるのか？」と念を押してくる。

私は不安げに見つめてくる彼の目を捉えて、言葉を返した。

「楽しみにしておくね」

その一言で、心の壁にこびりついていた感情が剝がれ、自然と笑顔になった。

正直、このまま中途半端に彼のことを避けたまま手術の日を迎えてしまっていいのだろうか、という葛藤は常にあった。

二度と恋をすることがなくなってしまう孝士に、私のことを好きだと言ってくれた孝士に、心残りがあった。

それが彼の為だからという枷《かせ》が、外れる。彼が見せてくれた意志と行動に、きちんと向き合って応えるべきじゃないかと考えが変わっていく。

これは、期限が切れてしまった彼のお守りにわずかに残っていたご利益だったのかもしれない。

与えられた事象に最大限都合のいい解釈をしながら、唐突に発生した彼との予定に、素直に心を躍らせている自分がいた。


手術まで、あと五日。

授業の合間にトイレに行こうと廊下を歩いていると、誰かが後ろから小走りで近づいてくる気配を感じ、振り向いた。

「ちょっといい？」

声を掛けてきたのは、自由ちゃんだった。どうやら私が廊下に出てくるのを待ち伏せしていたらしい。

すぐに場所を移して、人気のない外階段の下で二人きりになった。

「こーちゃんは……大丈夫そう？」

彼女は奥歯にものが挟まったような言い方で、そう切り出した。

「うん。薬飲んでるって言ってたし、今のところ安定してるかな。手術のことは心配だけど……」

この先手術が控えているし、誰よりも孝士の体調のことを気に掛けているのは彼女だから、彼の様子を知りたかったのかと思ったけど……彼女は「そう」とぽつりと呟いただけで、それ以上尋ねてはこなかった。

「それと。あなたに言わなくちゃいけないことがあって」

なんだろうと身構えると、自由ちゃんは悲しげに表情を曇らせて、「ごめんなさい」と声を絞り出した。

「えっ、なんで？」

驚いてそう聞き返すと、彼女は「恋滅症は恋が冷めれば治るなんて……嘘をついて」と言って項垂れた。

「……うん。でも、孝士の為なんでしょ？」

自由ちゃんはしばらく口をつぐんで迷ったあと、不安げに切り出した。

「私、一人っ子なの。だから、隣に住んでたこーちゃんは物心つく前からずっと一緒に遊んでて、血の繋がりはないけど、本当に家族みたいな存在だった」

私はうん、と小さく頷きながら、彼女の言葉に耳を傾ける。

「だから誰よりも知ってる。こーちゃんって、誤解されやすい性格で。本当は優しいくせに、人に好かれたいって気が全くないから、すごく素っ気なく見えたり。寂しがりやなくせに、周りに気を遣わせたくなくて強がったり。だから、こーちゃんに変な虫が付かないようにやれることはなんでもやってきた。たとえ……こーちゃんに嫌われても」

「そんな……嫌われてなんて」

「だから！」

自由ちゃんの目は潤んでいた。唇を震わせながら、懸命に言葉を絞り出す。

「あの痣を見て……こーちゃんが発症したって気が付いて、ショックだった。私のせいだって思った。私がこーちゃんに関わろうとする人間をもっと徹底的に排除しておけば、こんなことにはならなかったのに……って。だから、今からでもあなたをこーちゃんから引き離さなきゃって。こーちゃんの気持ちが冷めればまだ間に合うかもしれないって……本当にごめんなさい」

彼女だって、いや、彼に関わる人は誰だって〝もう治療法がない〟なんて信じたくはないだろう。彼女の行動を責める気持ちは起こらなかった。

「謝ることないよ。それに、私なんて——」

「でもいいの！」

彼女が私の言葉を遮る。涙を拭いながら、目を逸らすことなく告げた。

「こーちゃんが誰を一番大切に思っているか分かったし……。だから、私はもう……こーちゃんにしてあげられることは何もないから」

そう言って走り去ろうとする彼女の手を、私はめいっぱい腕を伸ばして掴んだ。

「私こそ、孝士の為になんて……」

「放して」

「だって私は……！」

本当につらいのは、私だけじゃないはず。孝士や、自由ちゃんや、彼の家族だって——。

なのに、心の奥底からせりあがってくる身勝手な涙を、私は堪えきることができなかった。

「……あなたの家族を。絶対に奪っちゃダメだから」

「……だから？」

自由ちゃんが、私の両肩に手を置いて、問い詰めるように上目づかいで視線を向けてくる。

私の心の迷いを見透かされているようで、情けなくて、それでも涙は止まらない。言葉が出てこなくてひたすらしゃくりあげていると、自由ちゃんの手が私の両頰をそっと包んで、顔を持ち上げる。

少し潤んでいるけど、力強い瞳が、私の視線をとらえていた。

「ダメ。あなただけは、今はこーちゃんのそばにいて。こーちゃんのことを誰よりも考えている私がそう言うんだから、そうしなきゃダメなの」

そして、すぐに私の手を軽く振り払うと、彼女は私に小さな背中を見せながら、去っていく。

やがて彼女の気配が消えると、かすかな雨音が鼓膜を叩いた。いつのまに降りだしたのだろう。木々を濡らし、土やアスファルトを打つ音が、乱れた心に染み込んでいく。

――次の授業が始まるまでに、整理をしないと。

袖で涙を拭う。走り去る彼女がどんな顔をしていたのか、どうして私と話がしたかったのか、尽きない疑問に結局頭の中は散らかったまま。せめて孝士にだけは何があったのか悟られないようにしようと自分に言い聞かせて、私は教室へと足を向けた。

手術まで、あと三日。

「明日なんだけど……友達……と一緒に、宮島に行ってきても……いい？」

父と母が揃った夜の食卓で、私は勇気をめいっぱい振り絞ってそう切り出した。

「え？　なんでまたそんなに急に？」

「急に決まったんだよ。どうしても行きたいんだけど。いい？」

母は少し怪訝そうな顔をしながら、きょとんとしている父と顔を見合わせる。

「別にダメとは言わないけど。友達と行くのは初めてだから、心配ではあるわね」

「……誰と行くんだい？」

父は怪訝そうな表情で尋ねてくる。

「同じクラスの……手島……くん」

「くん？」

みるみる表情が険しくなっていく父を尻目に、母が「あら」と目を丸くした。

「おお……そうか。行くのはいいけど……気を付けて行けよ。事故とか……怖いからな」

そう言いながら父は箸を床に落とし、テーブルの下で背中を丸めて拾い、分かりやすくしょんぼりした表情で再び浮かび上がってきた。

「ありがとう。お土産とかはちゃんと買ってくるからね」

「いいわよ別に。お母さんたちも若い頃から二人で何回も行ってるから。弥山《みせん》に二人で泊まりで登ったことだってあったわよねえ」

母が父に無邪気に微笑みかける。

「ああ。理恵《りえ》は健脚だったから。紗季が生まれる前は、弥山だけじゃなくて、全国の山に登ったなあ」

父は、母のことをずっと名前で呼ぶ。お前とか、母さんとか言わない。理恵ちゃんって呼ぶこともある。

「ねえ、お母さんとお父さんって、ずっと仲いいよね」

私がそう切り出すと、父が嬉しそうに「そうだろ？」と目配せをする。

母は少し不満そうに「そんなことないわよ～」とボヤいていたが、まんざらでもない顔をしていた。

夕食を終えて、父は二階の書斎に上がっていった。私は洗い物をしながら、リビングで雑誌を見ている母に向かって尋ねた。

「さっきの話なんだけど……お母さんって、お父さんのことまだ好きなの？」

「あなた……何てこと聞くのよ」

母があまりに直球な娘の質問に笑うので、私が「真面目に答えてね」と釘を刺すと、

「そうねえ……」とじっくり考えながら答えてくれた。

「今も好きかといえば、そうね。でも、違うとも言えるわ」

「え？　どういうこと？」

母は「言葉にするのは難しいんだけど……」と言葉を付け加えた。

「お父さんと出会ったのは、広島市内にある福屋《ふくや》っていう百貨店だったの。部門は違うけど同じ職場で、周りにばれないように付き合ってたわ。その当時のドキドキする気持ちの〝好き〟というのと、今の〝好き〟は別物なの」

「じゃあ、今の好きはなんなの？」

母はいつも父が座っているリクライニングチェアーを見つめながら目を細めた。

「ドキドキがなくなっても、大切にしたいっていう気持ちかな。互いを理解して、信頼しあって、その為の努力をして、協力をして。一緒に歩いていくために結びついているのが、今の〝好き〟かな」

父は普段から母のことを好きなのがダダ洩れだけれども。母は逆にそっけない素振りが多いから、こうやって父のことを大切に思っていることを聞くのは初めてだった。

手術を受ければ、恋ができなくなる。

孝士からそう打ち明けられたとき、私は私たちの関係が具体的にどうなってしまうのか、想像することができなかった。

「ドキドキは、そのうちなくなるものなの？」

「そりゃあそうよ。ずっと続くわけないわ」

母ははっきりとそう告げた。

「そうか……」

私が好きになった孝士は、たとえ恋愛感情がなくなっても、ずっと私のことを大切にしてくれるはず。そう信じているはずなのに、どうしても不安が付きまとってくる。

恋という感情がなくなったとき、彼がどうするか決めるのは彼自身で、私にはどうすることもできない。病気の治療がどのようなものかは分からないから。好きという感情とともに、私に対する興味も根こそぎなくなってしまうかもしれない。

たとえそうなってしまったとしても——それでも彼の幸せを願う気持ちに嘘はない。

でもそれは、恋という感情に裏打ちされた私の気持ちであって——。母が言うように、いずれなくなってしまったとき——私は孝士のことをずっと思い続けることができるのだろうか。

「さっちゃん……大丈夫？」

不安げに俯く私を心配して、母が私の頭をそっと撫でてくれる。

「お母さん……これからもずっとお父さんのこと、〝好き〟でいてね」

私がそう言って顔を上げると、母は安心したように頬を緩める。

そして、「お父さんが浮気とかしなければね」と冗談っぽく言って、私に笑いかけた。

手術まで、あと二日。

朝八時のJR横川駅の改札前。寒がりな私は、ストッキングにスカート、暖かいセーターにマフラーを巻いて、めっきり冷え込んだ十二月の空気にかじかむ手を息で温めながら、人ごみの中、孝士の姿を捜していた。

そろそろ待ち合わせ時間を迎えようかという頃。孝士はパーカーにジーンズというラフな格好で姿を見せた。

「おはよう。その格好、寒くない？　マフラー貸そうか？」

「いや、大丈夫」

どう見ても冬というよりは、秋っぽい格好に見えた。中に着こんでいる様子もなく、それでは寒いだろうという心配をよそに、「行こうか」と孝士はすぐさま改札口へと足を向ける。

駅のホームはよく風が通るので、余計に寒く感じた。孝士が明らかに背中を丸めて寒そうにしていたので、私は自分のマフラーを外して無理やり彼の首に巻いた。

「ほら、暖かいでしょ。体に障るし、やせ我慢しないでよ」

彼は柄にもなく申し訳なさそうな視線を向けて、マフラーに埋もれながら小さく頷く。ホームから見える、抜けるような青空には、白い浮き雲がぽつぽつと漂っている。天気がよさそうだったから、あまり厚着は必要ないと判断したのだろうか。

「お昼前には暖かくなるよ」

私は、天気予報で最低気温と最高気温は必ずチェックする。過信するといってもいいくらいだ。

その反対に彼は、なんとなく感覚で生きているような印象を受ける。天気予報とか、絶対に確認しそうにない。実際、多分していない。

電車がホームへと入ってくる。改めて彼の姿を見ると、今更ではあるが、紺色のパーカーに暖色系の模様のマフラーはあまりに浮いていて、無理やり巻き付けたのがやや申し訳なくなった。色が合わないからって拒まない彼も彼なんだけど。

それと同時に、彼にはどんなマフラーが似合うんだろうって、じろじろと見つめているうちに、白線の向こうでドアが開いた。

電車の中は暖房が効いていて、暑くなってきたのか、彼はマフラーを外して返してきた。

「……ありがとう」

「あ、いいよ全然」

少し照れくさそうな横顔は、やっとお礼を言うタイミングを見つけた、と安心している風にも見えた。そういうの、きちんと言わなきゃって思うタイプなんだな、とほほえましくなって、笑顔を彼に向ける。

「あと……」

「何？」

彼がもじもじしている。不思議に思って聞き返すと、聞き取れるかどうかギリギリの声量で、彼がぼそっと呟いた。

「可愛いじゃん」

「……へ？」

「似合ってるよ、それ」

「ん、あ……ありがとう」

何ですか、今のは。ぶっきらぼうな彼が、わざわざそんなことを言ってくれるなんて。服のことなのか、髪のことなのか……正直さっぱり伝わってこなかったけど。凄く照れている彼の姿がとても可愛くて。言われた私はもっと照れてしまって。結局お互い妙に緊張したまま私たちは二十分ほど電車に揺られ、ＪＲ宮島口駅に降り立ち、フェリー乗り場へ向かった。

歩道を歩いていると、空を震わせるようなボートのエンジン音が聞こえ、大きな電光掲示板が目に入る。何だろうと目を丸くしている私に、「競艇場《きょうていじょう》だよ」と孝士が教えてくれた。

知らなかった。小さい頃に、家族旅行とか学校行事で何回か来たことがあるはずなんだけど。そのときは車かバスで、電車で来たのは初めてだったから、ここは通らなかったのかもしれない。

フェリー乗り場も、何だかおしゃれな建物に生まれ変わっていた。最後にここへやってきた十二歳のときの記憶を、矢継ぎ早に更新していく。

切符を買い、改札を通って港に近づくと、風が強くなってきて潮の匂いに満ちた。

「マフラー大丈夫？」

彼に尋ねると、顔をしかめて黙ったまま首を横に振った。背中が震えていて、明らかに寒そうなのに。なぜか今更強がって平気なふりをしてくる。

「もう」

私が自分のマフラーを外そうと手を掛けると、今度は孝士が私の手首を摑んで固辞した。

「お前だって寒いだろ。俺は多少寒くても平気だから」

そう言われると、今度は無理やり彼にマフラーを貸すのが躊躇われて。自然と肩を彼に預けて、腰に手を添えた。

別に意識してくっつこうとしたわけではないのだけれども。彼が凍えてはいけないと心配するあまり、本能的にこうしてしまった。

彼は、特に嫌がる素振りも見せず、朝日が反射してきらめく波間を見つめている。

私の心拍は速くなり、体も熱くなってきた。彼は……どうなのだろうか。私は彼のがっちりとした腕が温かくて、心地がいいのだけれど。なんとなく彼の体も温まってきたような気がする。そういえば、震えも収まっている。

このままでいたい気持ちは正直あるのだけれど。彼の体に障ってはよくないと、預けていた肩を戻す。彼は気にする素振りを見せず、かすかに開いた距離を詰めなおしてくることもなかった。

間もなくフェリーが港に接岸して、私たちが待機していたところにも小さな水しぶきがかかる。

休日だけあって、気が付けば後ろには長蛇の列が出来ていた。孝士の背中を追うように、人の波に押されながら緑色の階段を上り、二階のデッキ席に二人並んで腰かけた。

私は持っていた手提げ鞄を膝に置く。周囲はどんどん人が増えてきて、あっという間に満席になった。

「ねえ。お守りを返しに行く以外に……ちょっと行きたいところがあるんだけど」

私は鞄の中から手帳を取り出して、リストアップしてきたメモを彼に見えるように膝に置く。

「俺は別に構わないよ」

「よかった。ちょっと歩くかもしれないけど、苦しくなったら絶対に言ってね」

宮島には嚴島神社のほかにもたくさん神社やパワースポットがある。孝士の手術がうまくいくように、病気にご利益がある神社とか、縁結びの神社も回りたい。

それは、彼の病気を発症させてしまった罪滅ぼしをしたいという気持ちの表れなのかもしれない。それも含めて、私は孝士の力になることならなんでもしたかった。

船が航路の半ばに差し掛かると、ちょうど私たちが座っている方角に嚴島神社の赤い鳥居が海上に浮かんでいるのが見えてきて、周囲の人たちが集まってスマホを構え始めた。

殆どが外国人の観光客で、デッキは英語ばかりが飛び交っている。

私も写真を……と一瞬焦りを感じたが、彼がスマホを取り出す素振りを見せなかったので、結局何もしなかった。

その代わり、彼は海上から見える光景を目にしっかりと焼き付け、時折私の横顔を見つめていた。そうして、心地よい海風に吹かれる海上でのひとときは、あっという間に過ぎていった。

彼との間に、会話は殆どなく。彼が何か考え事をしているように見えたので、敢えて声は掛けなかった。その代わりに、「お前じゃなきゃ意味がないんだ」と言い切った学校での彼の声が、私の中でずっと反響していた。

桟橋《さんばし》に着くと、自販機で温かいお茶を買った。タクシー乗り場のロータリー前を歩いていると、〝歓迎　宮島町〟と書かれた石塔の前で「ねえ、写真撮ろうよ」と彼を促す。

「俺が撮ってやるから、お前だけ写れよ」

そう言ってポケットからスマホを取り出す彼に、今度は私が言い切った。

「それだと意味がないの」

渋る彼を尻目に、彼の腕を引いて自撮りでシャッターを切る。ピースサインも笑顔もないままぎこちない表情で写った彼は、「どんな顔したらいいのか分からねえよ」と照れた様子だった。

「どうして孝士は写真撮らないの？」

歩道から見える嚴島神社の風景をスマホに収めながら彼に尋ねると、「何回も来てるからな」と素っ気なく答える。

「最後に来たのはいつ？」

「小六のとき。社会科見学で」

「私も小学生のとき来た！　水族館とか回ったなあ」

友達と一緒に歩いていたら、家庭科の授業で作ったお気に入りのナップサックを鹿に齧られて泣きそうになった記憶がある。

「うわあ」

そんなことを思い出していたら、街路樹の脇に早速鹿が出現。周囲にもわらわらいる。

孝士の陰に隠れて歩いていると、「ビビりすぎだろ」と彼が突っ込む。

のたのたと優雅に歩道を歩く鹿たちは、人に慣れているのか、私たちを警戒する様子がない。一方的に逃げ回っている私とは大違いだ。

「あ、尻尾振ってる。可愛い」

つぶらな瞳で外国人の観光客の後ろをついていくのを見ていると、当時のトラウマが薄れてくる気がした。

「とりあえず、幸《さいわい》神社ってところに行くから。いい？」

グーグルマップを開いて、経路を検索する。ここから歩いて数分のところだ。

「その前に……」

彼が気まずそうに商店街の方を見つめている。

「なに？」

「朝から何も食べてない」

「早く言ってよ」

ちょうど経路にある宮島表参道商店街には立ち食いできそうなお店がずらりと並んでいる。休日とあって、通りは人でごった返していた。

店先に立っているのぼり旗には焼き牡蠣《がき》、お好み焼き、抹茶わらび餅、揚げ紅葉《もみじ》……などの美味しそうな言葉が並ぶ。

「これ、食べたことないな」

彼が目にとめたのは、もみじクロワッサン。焼きあげたクロワッサン生地の中に、チョコ、カスタードなどが入っていて美味しそうだ。

「食べようか。私チョコがいい」

ひとつずつ買って商店街を通り抜け、海辺の木陰に立って二人で食べ始める。

「あっつ。これ無理だ」

すごく美味しそうなんだけど、あまりに熱すぎて食べられない。一方、孝士は、サクサクのクロワッサン生地を躊躇なくパクパクと食べている。

「なんで平気なの？　ちょっと待ってから食べよ」

波打ち際で、対岸の広島市街の景色をぼんやりと見つめる。寄せては返す波の音。透き通るような青い空に、千切れ雲がぽつぽつと浮かんでいる。

そうしていると、不意に孝士が私の手からチョコもみじクロワッサンをひょいと奪い取る。

え？　と戸惑っていると、私の伸ばした手の脇の下から鹿がぬっと顔を出して、私は「ぎゃっ！」と悲鳴を上げて文字通り跳び上がった。

「こいつら気配ないんだから気をつけろよ」

どうにか鹿を追い払い、私の手にチョコもみじクロワッサンを返してくれた孝士は、クールに装っているが、明らかに笑っている。やがてさっきの光景を思い出したのか、ついに「くくく……」と声に出して笑い始めた。

「ちょっと。何がそんなにおかしいのかなあ？」

私が追及すると「だって……すげえジャンプしてた……」と腹を抱えて余計に笑い始めてしまった。

こんな彼の姿を見るのは……初めてかもしれない。

自然と私にも笑顔が伝染して「ばかにして」と彼の背中を叩く。

楽しい。そんな感情に浸りながら、無邪気に笑う彼を見て、ふと我に返る。

そして、唐突に寂しさに襲われた。

この瞬間は――当たり前じゃない。いつかは失われてしまうかもしれない。

そう思うと、楽しいのに切なくて、涙が出そうになる。

「……どうした？」

急にしゅんとする私の様子を見て、孝士が優しく声を掛けてくれる。

「――いや、なんでもない。私も食べなきゃ。頂きます！」

そう言って、アツアツのクロワッサン生地を恐る恐る口先で齧る。

甘くて、温かくて。孝士と一緒に食べるこの味は、やっぱり特別だ。

「……おいひい」

涙ぐみそうになるのを、必死に食べてごまかして。食べ終わったころには、孝士はいつものクールな調子に戻っていた。スマホを見ながら淡々と「行くぞ」と行き先を指さす。

「さっきまであんなに笑ってたくせに」

私がそうボヤくと、孝士は「いいから」と少し照れくさそうに歩き始めた。

人波に揉まれる商店街から一本裏通りに入ると、とたんに人通りが少なくなる。坂の上へと続いていく狭い古の路地裏の光景に見惚れて、思わずスマホを構えた。

「こういうところ、いいよね」

私が呟くと、孝士は同じ光景を見つめながら、「ずっとあったんだよな」と答えた。

シャッターを切り、彼が言いたかったことを脳内で補完した。この道は、私たちが生まれるずっとずっと前からこうして存在していたに違いない。

そこへ、私たちがやってきた。この古の細道と、私たちの小さな歴史が重なる一瞬。この世界には、未見の光景が溢れていると気づく。

「紗季」

彼が私の名前を呼ぶ。はっとして、思わず彼の横顔をまじまじと見つめる。

そんなふうに名前で呼ばれるのは初めてだった。嬉しさと恥ずかしさで、一気に鼓動が速まる。

「うん」

私は頬を緩めながら返事をして、彼の後についてスマホのグーグルマップを見ながら歩き始めた。

「ほら、見てみろよ」

目的地が近づいてくると、町家《まちや》通りと書かれた通りの奥に、鮮やかな朱色の五重塔が出現する。その角を左に折れて短い石段を上ると、踊り場のような場所に幸神社はあった。

往来安全と刻まれた石の街灯と、その奥にある苔蒸した石灯籠《いしどうろう》を両脇に従えた鳥居のさらに奥に、歴史を感じさせる木造建築のご社殿が構える。奥の本殿へは鍵が掛かっていて通れないようになっていた。

一礼をして、手を合わせる。

孝士の手術がうまくいきますように。ずっとずっと元気で過ごせますように。

祈りを捧げて、目を開ける。境内《けいだい》には桜の木があった。

「また春に来られたらいいね」

私がそう口に出すと、孝士は下を向きながら微笑んでいた。

同じように目を閉じて手を合わせていた孝士が何を願ったのか分からない。

ここには神様がいる。

でも、神様は何も言わない。訪れる人の声を聞くだけだ。

ここは神様に会いに来る場所だけれども、同時に自分と向き合う場所なのかもしれないと思った。

「次は粟島《あわしま》神社に行って、最後に嚴島神社の本殿にお守りを返しに行こう」

神社の先の石段を上って突き当たりを右に曲がると、さっき目にした塔へと緩やかな石段が続いていた。

古い街並みを見下ろすように、空が開けている。一歩ずつ踏みしめながら上ったその先で、ふと孝士が足を止めた。

そこには、丘の上から嚴島神社を見下ろす、広い平屋建ての木造建築が聳《そび》え立っていた。

スマホを開いて地図から情報を検索する。ここは豊国《ほうこく》神社と呼ばれていて、かの豊臣秀《とよとみひで》吉《よし》が建築を命じた建物らしい。

「ちょっと寄り道するか」

長い石段を上ると、入り口で観光客が靴を脱いで境内に上がっているのが見えた。

表看板には、千畳閣と書かれている。昇殿料を払い、靴を受付でもらったビニール袋に入れて持って入ると、その名の理由が分かった。

天井の高い広大な空間を、歴史を感じさせるいくつもの古びた太い支柱が支えている。

まるでそこに千枚の畳が敷き詰められているようだ、というのが名前の由来らしい。

私たちは周りの人たちと同じように、大きな柱に背中をもたせかけて、腰を下ろした。

「この建物、未完成なんだって」

スマホを見ながら、私が切り出す。なぜ完成しなかったのかは調べて分かっていたのだけれども、敢えて理由は言わなかった。

孝士は、膝を立てて床に手をつけながら、じっと前を見据えていた。

彼が今この場所で、何を考えているのかは分からない。それでも不思議と私たちは、同じことを考えているのではないかと思えた。

「ここに来てよかったな」

彼が言葉にする。

「確かに」

私も、そう言って微笑む。ここに限らず、神社とかお寺とか、小さいときは全く興味なかったし、楽しくなかったのだけれど。私たちが知らない、私たちのことを誰も知らない世界に来て。その場の空気を吸い、風景に見惚れ、匂い、風、温もりを感じる。すると、心が透き通り、体中の細胞が入れ替わっていくような、そんな心地になる。

新しい施設よりも、古い場所がそうさせてくれるのはなぜなのだろうか。それが歴史というものの力なのかな、となんとなく思った。

黙り込んだまま互いに自分と向き合う時間が過ぎる。

先に話を切り出したのは、孝士の方だった。

「今日は悪かったな」

　いつものように、感情を押し殺したような口調だった。私はすぐさま「なんで？」とその言葉の意味を深掘りする。

「なんか、俺のわがままに付き合ってもらったからな」

「そんなことないって」

　真剣な顔で否定して、覇気のない彼の顔を見つめる。何か胸に引っかかるものがあるのだろう。せっかくさっき飾らない笑顔が見られたばかりだというのに、そんな表情を見て切なさが込み上げてくる。

「すごく楽しいよ。それに、誘ってくれて嬉しかったし」

　私がそうやって笑顔を向けても、孝士の表情は晴れない。

「俺はずっと、お前に気を遣わせてばかりだったな……」

「それは別に、迷惑だとは思ってないよ」

　彼が自分を責めるのも、彼に課された運命を思えば無理もないと思う。だからこそ私は、少しでも彼の為を思い、力になりたいと願い、声を振り絞った。

「それは……孝士も同じじゃない？」

　下を向いていた顔が、こちらを見上げる。視線が合わさって、静かに互いを見つめる。

「私、孝士が病気だって知らずに……話しかけたり、近づいたり、仲良くなろうとしたりしたこと、ずっと後悔してたてさ」

孝士は、口を結んだまま私のことを見つめている。

「そのせいで孝士の病気が発症してしまったから……孝士にはどれだけ謝っても謝り切れないほどの罪が、私にはあるんだと思う」

黙って首を横に振る孝士。彼が何か言おうと口を開いたと同時に、私は視線を落とし、声を絞り出した。

「私にそんなに気を遣わなくてもいいんだよ。恨んだっていいんだよ」

思わず感情が込み上げてきて、ぎゅっと唇を噛む。目が赤くなっているのを見られたくなくて、顔を上げることができない。

私がすすり泣くのを必死にこらえていると、彼の温かい手が私の手を優しく包み込む。

「俺はお前を恨んだことなんて一度もない。むしろ感謝してる。だって、お前がいなきゃ俺はずっと教室の中で一人で、イヤフォンで耳を塞いだまま、誰とも関わることもなく過ごしていたと思う。夏祭りも、文化祭も、楽しかった。ぜんぶ、お前のおかげだろ」

――手術を受けると聞いたとき。私は孝士のことだけを考えるべきで、自分のことは一切考えてはいけないと思った。

恋をすることができなくなった孝士にとって、一方的な私の恋愛感情は、重荷になるだろう。

彼が優しければ優しいほど、彼を苦しめるかもしれない。

だから私は、この一か月間彼に近づくことができなかった。

本当は、今日みたいに彼の傍にいられるという幸せをずっと感じていたかった。彼の声が聴きたかった。彼が何を考えているのか、知りたかった。

「俺が今日ここに来た目的は、お守りを返しに来た……というのも嘘ではないんだけど」

彼の優しい声が耳に届き、洟をすすって顔を上げる。

「手術を受ける前に、どうしてもお前と一緒に過ごしたかったんだ」

「……なんで？」

掠れた声が、やっと喉を通過する。いつの間にか私は、彼の手を握り返し、彼の横顔を見つめていた。

「手術を受けても、俺にとってお前が大切な存在であることに変わりはない。でも、恋ができなくなってしまうのは、避けられない。だったら、と俺は思ったんだ」

そこで彼が続けるのを躊躇って、考え込む。また何か私に気を遣っているのだろう。

「いいから続けて」

私が背中を押すように促すと、彼は深く呼吸をして、丁寧に言葉を紡ぎだして、私に語りかけた。

「恋をしてみたいと思った。人生最初で最後の恋を、好きな人とともに」

でもそれは、俺の自分勝手な……と彼が言いかけたところで、「違う！」と私は遮った。

「それは私も同じ。本当はずっとこうして孝士と一緒に過ごしたかったんだから。迷惑だなんて思わないで。それより、私はあなたの体が気がかりなだけ」

少し驚いた様子の孝士は、今日の為に医師に処方してもらった薬が鞄の中にあると告げる。

「これがあれば、今は大丈夫だから。今日だけは、お前のことを好きな俺を受け入れてくれないか」

目に溜まった涙を袖で拭うと、孝士の顔がくっきりと見えた。不安げだけど、どこかすっきりした表情を、しっかりと脳裏に焼き付ける。

「もちろん喜んで」と言って、私は彼の胸に顔を埋めた。


粟島神社を参拝したのち、昼食に宮島名物の穴子《あなご》飯を食べ、水族館を訪れた。ずっと手は繋いだまま。二人でたくさん写真を撮った。あれだけ嫌そうにしていた彼のピースサインも板についてきた。

たくさん歩き回ってクタクタになり、最後の目的地である嚴島神社にたどり着いたときには夕方になっていた。

観光客でごった返す境内の、入り口にある手水所《ちょうずどころ》の柄杓《ひしゃく》で手を清めて、朱塗りの柱に彩られた東廻廊を、床板を踏みしめながら巡っていく。

人波に揉まれて御本社にたどり着くと、お目当てのおみくじを売っている場所を見つけた。

とりあえず列に並ぶ。彼はお守りを返す場所を探しているが、見当たらない。

私たちの番が来たので、係の人に尋ねる。どうやらほかの神社にあるような返納箱は設置していないらしく、窓口で直接手渡して無事にお守りを返すことができた。

「私はこれ……ください」

購入したのは、ピンク色を基調とした、縁結びのお守り。宮島の鹿が描かれたデザインで、ひらがなで〝えんむすび〟と刺繡が施されている。

「なんで今更？」

列から離れた後で、孝士が不思議そうに尋ねてきた。

「これは……うん。深い意味はないから」

そう言って、私はお守りをお腹の前で隠しながら口をつぐむ。

会話が続かず、気まずい空気が漂う。それから何も言ってこない彼の様子が気になってふと顔を上げた私は、思わずはっとした。

「どうしたの。大丈夫？」

孝士は顔色が悪く、苦しそうに顔を歪めている。慌てて彼の体を支えようとするが、彼は見る見るうちにふらつき――膝からその場にくずおれた。

「孝士！　孝士！　どうしよう……」

パニックになりながら必死に彼に呼びかけるが、反応はない。ひょっとして、ずっと体調が悪い中、無理をしていたのかもしれない。何で気づいてあげられなかったのだろうか……。

私は彼の頭を膝に乗せて、「救急車を呼ばなきゃ――」と震える手でスマホを取る。

すると――私の手を、孝士の右手がそっと摑んだ。

「……大丈夫だから」

意識が朦朧としている孝士が、呻くように言う。

「ダメだって、無理したら。すぐに病院に行かないと」

すると孝士は首を横に振り、苦しそうに表情を歪めながら、ゆっくりと体を起こした。

「ちょっと貧血を起こしただけだ。もう落ち着いてきた」

「でも……」

汗をかいている様子の孝士は、心配する私に、「頼むから」と懇願するように力強く訴えた。

「まだやり残したことがある。どうしても――最後に行きたい場所があるんだ」

そこまで言うのなら……と渋々スマホをしまう。でもまた倒れたら今度こそ危険かもしれない。彼を説得し、大事を取ってしばらくベンチで休むことにした。そこでも彼は「もう大丈夫だから」と繰り返して聞かなかった。

幸い彼の意識ははっきりし、呼吸も落ち着いてきた。しかし、またさっきのようなことになってしまう恐れは十分にあり、安心はできない。

「さっき言ってた、行きたい場所ってどこ?」

私が尋ねると、孝士は海に浮かぶ鳥居の方角を指さし、「あそこに……歩いていく」とぼそっと呟いた。

「え？　……どうやって？」

「もうじき、潮が引く。そのタイミングで、近くまで行けるはず……」

するると孝士は、鞄《ひたさき》の中から一枚の写真を取り出した。そこには、海に浮かぶ大鳥居と夕日をバックに、火焼前から撮影したであろう幼い彼と母親の姿があった。

「母親から聞いたんだ。タイミングが良ければ、あそこは歩いていけるって。今度は真下から一緒に写真を撮ろうって、約束したんだ」

それが、彼が嚴島神社に行きたいと言った、もうひとつの理由――。

「私と一緒でもいいのかな」

不安げに呟くと、孝士は「当たり前だろ」と私の手を握った。

潮が引くかどうかは、タイミング次第だ。まだ鳥居は、海の上に浮かんでいる。夜から雨が降るという予報だった。私たちがここにいられるのは、遅くとも日没までだろう。

孝士の体調も、依然として気がかりだ。並んでベンチに座って安静にしながら、私たちはひたすら波打ち際を見つめ続けた。

揺らめく水面を、カモメの群れが横切っていく。風が頬を刺すが、日差しは暖かい。

どれくらい時間が経っただろうか。……ふと、周囲のざわめきが聞こえてきて、はっとして顔を起こした。

どうやら私は、孝士の肩にもたれて転寝《うたたね》していたらしい。孝士の横顔を見つめると、彼もまた目を瞑り、小さく呼吸を繰り返している。

一緒に寝てしまっていたみたいだ。体調も悪い中、たくさん歩いたし、疲れていたんだろう。

対岸の山の稜線に沈みかけた太陽が、一日の終わりの名残を惜しむかのように、空を真っ赤に染めている。

――もう日が暮れる。ぼんやりとしながら波打ち際に視線を移した私は――思わず孝士の肩にしがみつき、興奮気味に耳元で囁いた。

「孝士、孝士！　見て！」

うっすらと目を開いた孝士が、目をこすりながら私の指さす方を見つめる。

砂浜へと通じる階段を、続々と人が下りていっている。彼らが向かう先では――海の中に浮かんでいた大鳥居が、砂浜の先に悠然と全容を現していた。

孝士は何も言わずに、ただただ感傷に浸るように、その光景を目に焼き付けていた。

「行こう。――やり残したことをしに。やっとここに来られたんだから」

私が声を掛けると、孝士は「ああ」と力強く頷いた。

足取りがおぼつかない彼の背中を支えながら、砂浜へと続く階段を慎重に下っていく。

息遣いは少し荒い。やっぱり体調は良くなさそうだ。

海辺へと下りると、百メートルほど先に、視線と同じ高さに聳え立つ鳥居を目指し、歩いた。

「足元、気を付けて」

潮が引いたとはいえ、ぬかるんでいる。彼の体を気遣いながら、ゆっくりと少しずつ鳥居へと近づいていく。

さっきまで海だった場所を、私たちは歩いている。不思議だ。

足元を見つめる。ひたり、と薄く水面を弾く感触が、靴の裏を伝う。

非日常的な体験に浸っていると、あっという間に私たちは鳥居の真下に立っていた。

「すごい……」

遠くからしか見たことがなかったから、こうして間近で見て初めてこんなに大きかったんだ……と感嘆する。

鳥居の根元から私たちの身長くらいの高さまで、藻や小さな貝のようなものがびっしりこびりついている。巨大な人工の建造物が、部分的に自然と調和しているような印象を受けた。

周囲には、たくさんの人がいる。鳥居の真下に立って記念撮影をしたり、熱心にスマホを構えたりしている人ばかりだ。

「写真、撮らないの？」

ただじっと鳥居を見上げている孝士にそう声をかけると、彼は私の肩に手を掛け、静かに抱き寄せた。

　彼の体は、少し熱っぽい。やっぱり体調は良くなさそうだ。

　私は何も言わず、彼の体を支えるように、腰に手を回した。

「写真は……撮らない。俺はここに、すべてを残していくよ」

　お母さんとの約束は、彼の中でもう整理がついたのだろうか。心配しながらも、彼の言葉に背中を押されるように、私は頷いた。

　二人で寄り添いながら、しばらくこの光景に身を委ねる。夕暮れが、私たちに迫っている。まるで世界の終わりみたいに、空を真っ赤な色に染めて。

　ここは、海でも陸でもない場所だ。普段は存在しない、世界の境目に立っているような感覚がある。昼と夜、明と暗――そして、現在と過去が交じる場所なのかもしれないな、と心の中で呟く。

　だからかもしれないけど。私は今まで言いたくても言えなかったことを、今ここで言わなければいけないと、勇気を振り絞った。

「私……ずっと孝士のこと気になってたかも」

　緊張気味にそう呟くと、孝士は照れたように笑う。

「何だよ急に。ていうか今更」

「今更って。こういう話、したことないじゃん」

　恥ずかしくなって顔を伏せると、孝士が口の端を緩める。

「ずっとって……いつからだよ」

「入学して、同じクラスになったときからかな」

「その頃何があった？　気になる要素なんかないだろ」

不思議そうな顔をする孝士に、私は精一杯、思いの丈を打ち明けた。

「あったよ。態度悪いって……みんなに言われてて。でも、だったらなんでそういう態度とるんだろうって、逆に気になってきちゃって。理由もなくそういうことをする人って、いないと思うし」

「いるだろ」

「どんな人？」

「……俺みたいなやつ。だって実際性格悪いしな」

「それは違うよ」

私は、自信満々に言い切った。

「お前……人を見る目がないぞ。俺はそんな大した人間じゃないって」

「……それは否定しないけど」

「いや、しろよ」

私は俯いて、ぐっと胸に想いを込めて。もう一度顔を上げて前を見つめた。

「本当にそう。人を見る目がないんだ」

私は思い出していた。かつてクラスに馴染めず、陰口を叩かれ、教室の隅でイヤフォンをつけて自分の殻に閉じこもっていた頃の孝士の姿を。

「ずっと、胸が痛かったんだ。声を掛ける勇気がないばっかりに、何も力になれていなかったから。これでいいのかなって、自分を責めながらも、結局何もできない自分を許してきたんだ」

「お前が気に病む必要はないだろ。俺が勝手にやってたことなんだから」

私は彼の顔を見つめながら、かぶりを振った。

「あの日電車の中で、男の子を助ける姿を目撃して……私は初めて孝士のことを知ったんだ。私なんかが思うより、よっぽど強くて優しい人なんだって。あの場に居合わせなければ、あなたのような勇気はない私は、ずっと勘違いしたままだったのかもしれない」

孝士は気恥ずかしそうに横を向いた。

「あれはたまたま居合わせただけだろ。あの場で他にあの子を助けられそうな人がいなかったし。俺がやるしかなかったから、やったまでであって」

私は彼の顔から目を逸らさなかった。

「でも、自分がやるしかないって思ったんでしょ」

「……まあ、できるかどうかは分からなかったけど」

「そう思える時点で、孝士は強いよ。優しいよ。だから、どうしてそんなことができるんだろう、その理由はなんだろうって、どんどん気になっちゃって」

そこまで打ち明けると、私はすっきりした。ずっと言いたかった。知ってほしかった。

私がこう思っているって。気になっているって。

見上げる先の大鳥居が、悠然と私たちを見守ってくれている気がした。あまりに雄大な光景を前にすると、自分という存在がちっぽけに思える。だからこそ、心の風通しがよくなって、すんなりと言葉が出てくるのかもしれない。

「孝士はさ。初めて私に会ったとき……どう思ってた？」

私たちの歴史は浅い。仲良くなってからなんて、ほんの一瞬の出来事に過ぎない。

「いつもクラスメートに囲まれているし、俺なんかと違って、いいやつなんだろうなって思ってた」

「いいやつ……かなあ」

「それに、お前だけは態度を変えなかっただろ？」

「態度？」

「そう。俺に対して。悪い噂しかなかったのに。だから、特に……」

彼が口ごもる。

「特に？」とその先を催促すると、彼は気まずそうに「近づかないようにしてた」と答えた。

「いや、なんで？」

そう口を尖らせると、孝士は分かりきったことを聞くなよ、とでも言いたげに眉を顰めた。

「好きになったら困るからだろ」

その言葉が心に柔らかく刺さって、心地よく胸に浸透し、心音が加速していく。

「そっか……」

私は嬉しくなって、彼の手を握った。そしてそのまま、もう一度彼の背中を強く抱き寄せた。

「まあ……今は別に困ってもいいけどな」

孝士は、さらにそう付け加える。

「素直に嬉しいって言ってくれないかな」

私がぽつりと言うと、孝士は少し緊張気味に私の顔を見つめてきた。

あれ、どうしたんだろう――と思った瞬間。

彼は私の手を温めたまま、ゆっくりと顔を近づけてくる――。

乾いた唇の感触が――ほんの数秒。いや、もっとわずかな間に、私の中に深くて、心地よい爪痕を残した。気が付けば私は、夢見心地で、彼の胸に顔を埋めていた。

「これが――恋ってやつか」

彼の言葉は、とても優しい響きだった。

「うん」

私が短くそう返すと、彼は私の背中を痛いくらいの力で抱き寄せて、耳元で囁いた。

「紗季のこと、好きになれてよかった」

その言葉は、私の記憶に深く浸透しながら。砂浜に吹き付ける、冷たい海風に紛れて散っていった。

「……ねえ」

彼の胸の中で、彼に呼びかける。

「……寒いのか」

彼の首にはマフラーが巻かれている。陽が落ちてまた寒そうにしていたので、今度は有無を言わさず私のを貸してあげた。

「もう行っちゃうんだね」

――今日という日が終われば、彼は手術ができる国に発つことになっている。

私の目は、対岸の山の稜線の境目で燻っている、今日という日の残り火を見つめている。赤くて、暗くて、消えていきそうな色だ。

「……行きたくねえよ」

その声は、震えていた。

今ここにいる私たちは、同じ想いを抱えたまま、あの夕陽の向こうには行けない。そんなことは……分かっていたはずなのに。

「さっき買ったお守りさ……」

私は白い紙袋に入ったお守りを手の中で大事に握りしめながら、声を絞り出した。

「手術が終わっても……また孝士と縁がありますようにって。願いを込めて買ったんだよ」

孝士の顔を見つめる。彼は唇をぎゅっと結び、顔をぷいと背けた。

「バカだな……」

波が、砂を巻き込みながら私の靴を濡らす。その時が、刻一刻と近づいていると知らせるように。

「バカだよね……」

消え入るような声は、潮騒に紛れて消えていった。

孝士はお守りを大事に握りしめたままの私の手を、包み込むように優しく握ってくれた。

「だから、心配なんだよ」

「どうして？」

孝士は小さくかぶりを振る。

「お前はいつまでも、ここで立ち止まってたらダメだからな」

「……立ち止まらないよ」

少し声に力を込めて、数センチ先にある彼の顔を見上げた。

「恋は……あくまできっかけでしょ」

彼は、こんなに近くにいるのに、私の目を見ることができないようだった。

「こうして一緒にいられるのは、恋のおかげだと思う。だから、たとえ恋がその役割を終えても、孝士と縁が続いていってほしいから……」

「忘れねえよ」

はっとして、彼の気持ちを探ろうと必死にその目を見つめる。その瞳は、悲し気に揺れながら、同じように私の心に寄り添おうとしているようだった。

「この先何があっても、お前のことを忘れたりしない」

優しい声が、私の鼓膜を通過していく。それが心に触れる前に、私は呟いた。

「でも……不安だよ」

彼を失うのが怖い。彼が変わってしまうのが怖い。漠然とした不安が、やがて現実となって目の前に突き付けられる未来がやってくるのを、私は恐れている。

だから……行かないでよ。

そう言葉にしかけて、私は思いとどまった。彼の重荷にはなりたくない、と。ここ一か月、彼との関わりを避けてきた自分の行動を思い返して。

「手術……頑張ってね。私はそばにいられないけど、きっと上手くいくって信じてるから」

孝士は、何も言葉を返さず。代わりに、私の背中をもう一度抱き寄せて、そのまま時間が止まった。

海と空の真ん中で、互いの心が重なる。何も考えたくはないけれど、胸に溜まった思いのせいで、心が濁っていく。

ふと――冷たい感触が顔に点を打った。

雨だ。天気予報は、やっぱり正しかったらしい。

彼が呟く。いつの間にか鳥居の周りには人が少なくなっていて、私たちは取り残されかけていた。

「……そろそろだな」

彼は少しだけ名残惜しそうに鳥居の方を見つめ直すと、私の手を取り、迷いのない足取りで歩き始めた。

二人の足跡が波にさらわれる。私たちが歩いた道は、やがて跡形もなく消えていくだろう。

そんなことを考えながら。なるべくとりとめのない言葉を交わしつつ。

私たちは——恋によって繋がり、恋に導かれた宮島の夕べに、別れを告げた。

そして、六年の月日が重なった。

終章

かつてそこに、恋があった。

今年の冬も、私は一人、宮島行きのフェリーに乗っていた。

髪を揺らす海風と、海面に反射する光に目を細めながら。お守りの入った鞄を、大事に抱えて。

今日は、年に一度やってくる、お守りの効力が切れる日だ。去年も、その前の年も。こうして同じ日に船に乗っていた。

ここにやってくるたびに、六年前の記憶が鮮明に蘇ってくる。

彼と恋人同士になれた、かけがえのない思い出の詰まったこの島は、私にとって忘れられない場所だ。

そして、未完成のまま放置された恋を——思い出す場所でもある。


あの日から一夜明けて。孝士は予定通り、手術を受けるため、日本を発った。

学校の授業があったから見送りには行けなかったけど。手術を受けるまでの間、私たちはずっとラインで言葉を交わしていた。

彼はそんなに危険な手術じゃないし、怖くはないって言ってたけど……絶対に不安はあったと思う。だから、私はできる限り励まそうと思って、たくさんメッセージを送った。

そのほとんどは、とりとめのないものだった。その方が彼の気も紛れると思ってのことだった。そしてそのひとつひとつに、彼は丁寧に返信をしてくれていた。

手術当日になり、しばらく連絡は取れなくなると彼からラインが来た。『頑張ってね』

と、一言だけ返して、私はひたすら祈った。

　手術の終了予定時間を少し過ぎて、彼からラインが来た。

『手術はうまくいったらしい』

　良かった――。

　その文面に心の底から安堵して。こっちは深夜だったけど、すぐに彼の声が聞きたくて、衝動的に電話を掛けた。

　しかし、彼は出なかった。まだ病院の中だから？　それか、手術直後だし疲れているか、眠っているのかもしれない。そう思って、とりあえずメッセージだけでも送らなきゃと思って、ラインで文章を打った。

『おめでとう！！　ゆっくり休んで。帰ってくるのを楽しみにしてるね!!』

　すぐに既読になったが、いつになっても返信がくることはなかった。

　朝起きた後、授業の合間にも……メッセージが来ていないか何度も確認した。それでも、何も状況が進展することはなかった。

　ひょっとして、思ったより容体が良くないのかもしれない。

　心配になった私は、何度かメッセージを送ったり、電話をかけたりした。しかし、彼の声を聞くことはおろか、既読すらつかなくなった。

　やがて、アカウントが消えた。

　この段階になって、ようやく私は気が付いた。いや、薄々分かってはいたし、そうなる可能性はあると覚悟していたはずなのに、目を背け続けていた。

私は――避けられている。

恐れていたことが、現実になったと思い知らされたのだ。

手術を受ければ、恋という感情がなくなる。

結局私と孝士の関係は、恋愛感情なしでは成り立っていなかったということを認識させられることになった。

何か事情があるんじゃないかと思いたかった。だがこんなやり方で私との関係を絶ったことに、彼の意志を感じずにはいられなかった。

それでも、私は孝士のことを忘れることができず。冬休みが明ければまた会える、たとえ私のことに興味がなくなっても、彼の元気な姿が見られれば……と思っていた。

しかし、新学期になると、彼は学校からも姿を消していた。理由は、田島くんが教えてくれた。

もともとずっと関東に出張していた父が、孝士のことを呼び寄せたがっていたって。手術を終えたタイミングで、孝士がそれを希望したんだって。

転校手続きも、引っ越しも、冬休みの間に済ませてしまったらしい。隣に住んでいる自由ちゃんは当然気づいていたけど、孝士が私には黙っていてくれって口止めしたとか。

――だからって、本当に黙っているなんて自由ちゃんらしいなって思うけど……。

結果的に孝士は私のもとから去っていき。私の手元には、未完成な恋を――孝士への想いを具現化したような縁結びのお守りだけが残った。

彼の恋心を繋ぎとめておきたいという私の願いは、届かなかったのだ。

それを承知で、私は彼に手術を受けるべきだって、私のことはいいからって言ったのに。

孝士がどこかで生きていてくれさえすれば私は大丈夫だって、本当に思っていたのに。

私のショックは、想像以上に大きかった。

しばらく何も手につかなくて。ご飯も喉を通らなくて。

時間が風化させてくれるまで、少しずつ傷を癒やしてきたつもりだったけど。

結局私は、今もどこかにいる孝士と再会し、結ばれることを願いながら、縁結びのお守りをもらい続けている。

そんな折、久々に田島くんから連絡が来た。

正確に言えば、宮島の写真をアップしたインスタに、田島くんがコメントをくれたことがきっかけだった。

『誰かと一緒？』

田島くんのコメントに、私はこう返信した。

『お守りを返して、またもらいに行ってきました』

横川駅には、春の訪れが感じられた。

改札口の前で行き交う人々に目を凝らしていると、懐かしい顔が見えて、互いに笑顔を見せた。

「久しぶり！　紗季ちゃん。いやーなんか可愛くなったねー。びっくりしたよ」

黒縁眼鏡をかけた田島くんが、私の全身を見つめて、驚いた顔をする。……その横で、自由ちゃんが頬を膨らませていた。

「そういうこと、カノジョの前で言うかなー？　まったく」

相変わらず嫉妬深いところは変わっていないなあ……と、懐かしい気持ちになる。

あれからこの二人は……どうやら付き合うことになったらしい。高校在学中は友達って感じだったらしいんだけど。卒業後に定期的に会って近況を報告しあっているうちに、自由ちゃんの方から切り出したんだって。

「田島くんは……なんかあんまり変わってないね」

高校生の頃のキラキラオーラはそのままに。それでいて飾らない青年、という雰囲気になっていた。

「賢太郎、この春から先生になるんだから。浮ついている暇はないの！」

自由ちゃんは、高卒で一般企業に就職したらしいけど、今は田島くんと早く結婚して主婦になるのが夢らしい。

「紗季ちゃんは、試験はどうだった？」

「……おかげさまで合格しまして。福祉施設の栄養士の内定も貰いました」

「えー、すごいじゃん！」

「……ありがとう」

この横川駅から地元の栄養学部のある私立大学に通い、自分でも本当に頑張ったと思えるくらいに勉強をした。

栄養士になろうと思ったのは、母の病気がきっかけだった。家で毎日料理をしていた頃に、母みたいな人の助けになる仕事に就きたいって思うようになったのだ。

ちなみに母は無事に病気も治り、今は嘘みたいに元気にパートに出ている。趣味の登山も、父と二人でまた出かけるようになった。

私たちは路面電車に乗り込み、広島の本通りを散策し、カフェの二階で一息つくことにした。

「お守り……今も持っているんだって？」

田島くんが心配そうな顔をして、私に尋ねる。

「うん、ほら。ずっと鞄に入ってる」

バッグからお守りを取り出すと、彼はそれを手になにやら悩まし気な表情を浮かべた。

「それって。今も孝士のことを……ってことだよね？」

私は黙ってうなずく。自由ちゃんは、何も言わずにじっと私の顔を見つめていた。

注文したアイスコーヒーとカフェラテとフラッペが運ばれてきて、テーブルに並ぶ。

そして恐る恐る、私は田島くんに尋ねた。

「今も孝士と……連絡取ってるの？」

田島くんが、高校を卒業するまでたびたび孝士と連絡を取り合っていたのは聞いていた。でも卒業以来、田島くんと会うのも初めてだから、それきり今、孝士がどこで何をしているのかは知らない。

「いいや。でも、どこにいるのかは知っているよ」

自由ちゃんが、戸惑ったように田島くんと目を合わせる。

その様子を見て、私はとても身勝手なことを……言葉にしてしまった。

「会いたいって言ったら……絶対迷惑だよね」

孝士にとっての恋は、終わりを迎えた。でも、私の——私の恋は、今もなおここで燻ったまま。道半ばだ。

田島くんは私の顔を見て、悩まし気に腕組みをし、そのまましばらく考え込んでしまった。

まずいことを口にしてしまった。すぐにその言葉を取り消そうとしたけど、その前に田島くんが重い口を開いた。

「あいつの居場所は知ってるけど、会えないよ」

重い空気がカフェの窓際の一角を支配する。ガラス越しに、通りを行き交う人の群れが見えていた。

「孝士は、亡くなったんだ」

田島くんが発したその言葉が、唐突に宙に浮かんで——私の理解が追いつく前に消えていった。

私の手の中には、まだお守りがある。その効力がなかったのは、決して神様のせいではなかった。あらかじめ決まっていた運命には、たとえ縁結びの力であろうと逆らうことはできないのだと、教えられたような気がした。

「あいつは六年前——東京の病院で死んだ。冬休みが明けて、転校していって——二週間後のことだったよ」

いったい何を言っているのだろう。何もかも嘘であってほしい。

どこかで生きていてさえくれれば、それでよかったのに。

それだけが、私にとって——あの恋を終えてからの、心の支えになっていたのに。

「でも……手術は成功したって……なのになんで？」

私が青ざめていると、田島くんは「……ごめん。僕たちは全部知っていたんだ」と私に頭を下げた。

「知っていたって、どういうこと？」

私が尋ねると、田島くんは眼鏡を外して涙を袖で拭い、呼吸を落ち着かせた。

「手術なんて、なかったんだ」

「……え？」

するとと、今度は隣にいた自由ちゃんが堰を切ったように泣き始めてしまった。慌てて鞄からハンカチを取り出して渡すと、自由ちゃんはそれを両手でぎゅっと握りしめてテーブルに顔を伏せる。

「治療法が見つかったなんて、最初から嘘だったんだ。冬休み明けに転校するのも決まっていて、知っていたのは事情を聞いていた先生たちと、僕と自由だけだ」

「なんで……そんな嘘を?」

私が声を震わせると、田島くんは自由ちゃんの様子を気遣いながら、私の目をしっかりと見て告げた。

「いいかい。あいつは君を傷つけようとして嘘をついたわけじゃない。全部君の為なんだ」

「私の……為?」

私が動揺しているのを見て、田島くんはゆっくりと語りかけるように話を続けた。

「孝士は君のことを好きになって以来、ずっと考えていたんだ。どうやってこの恋を、君が自分を責めないような形で終わらせることができるかって。この嘘は……いや、この嘘だけが……君のことを好きで、大切に想っていた孝士が、自分がいない世界で君が幸せになるための唯一の方法だったんだ」

静まり返るテーブル。とてつもなく長く感じられたこの数秒間、私は孝士の姿を、言葉を、彼と過ごした時間を思い浮かべながら……やっぱりもう彼がこの世にいないという現実を直視できないでいた。

「どうか自分のことも、あいつのことも……責めないでやってくれ」

田島くんは、孝士が私の前から姿を消した理由について……孝士が生き続けていることにすれば、恋滅症で……いや、私のせいで死んだことにはならないし、そうしないといずれ私は孝士の最期を目の当たりにしてしまうからだと教えてくれた。

「私を……人殺しにしないために……？」

夏祭りの、信号待ちの交差点。かつて彼が口にした言葉が、そのときの情景が、はっきりと脳裏に蘇る。

あの時点では、彼は恋滅症を発症していなかった。それなのに私は、彼のことを好きになって、この恋に夢中になって――。彼がどれだけ悩んで、苦しんでいたのかも知らずに。

そして結果的に私は彼を――。

「何も知らなかった……」

今思えば、この六年間。ずっと彼のことを想って。いつか会えると信じて。のうのうと宮島に通っていた自分のことが、憎くて仕方がなくなってきた。

ふと、衝動的に、手の中にあるお守りを、ぐしゃぐしゃにしてやりたくなった。

――でもやっぱりできなくて。ただひとつ残った彼とのつながりが愛おしくて、手の中で優しく握った。

「手術をしたら恋ができなくなるって……それも嘘だったの……？」

私がそう呟くと、田島くんは、迷いを引き連れたような表情で、歯切れ悪く切り出した。

「あいつが言っていたよ。それは、君との恋を――宮島の、あの鳥居の前で完結させるためだって。手術をして、連絡を断つ。それによって、君への恋心がなくなってしまったんだって、君に認識してもらう必要があったんだ。でも……」

田島くんが言葉を濁す。そして、私が手に持っているお守りを見つめながら言った。

「恋心がなくなって、あからさまに君のことを避けるような男なんて――忘れてしまうだろうという孝士の見立ては甘かったな。六年たっても、君の彼に対する恋心は、ずっと燻ったままだなんて……」

インスタで宮島を訪れた私の投稿を見た田島くんは――このまま嘘をつき続けるのは、当初の孝士の願いとは違ってしまっているし、私の為にはならないと思い、真実を打ち明けるべきだと決心したという。

「僕が君に知ってほしかったのは、孝士が君のことを、本当に大好きだったたってことだ。最後の最後まで、君の幸せを願ってた。孝士は、君のせいで死んだんじゃない。たとえ時間は短くても……君と恋ができて、幸せに生きることができたって、ずっとそう言ってたんだ」

「孝士が……？」

田島くんは、深く頷く。

私は涙を拭い、手の中のお守りに視線を落とす。

――最後に孝士と宮島で別れて以来、私はずっと独りぼっちだと思っていた。

縁結びをして、願いを込めたのに。結局この恋は未完成のままで――私の中でずっと燻ったまま。

　でも、違ったんだ。

　彼が私を宮島に連れていってくれたのは、恋を実らせるため。たった一日だけでも、私と恋人になるため。

　この恋を完成させて――いや、完結させるため。

「二人とも……ありがとう」

　私は顔を上げて、心配そうに私を見つめる二人に、感謝の言葉をかけた。

　彼の願い通りなら、この恋はもう終わったのかもしれない。

　だからこそ、彼の想いを無駄にしないために。私は前を向かなくちゃいけない。

　そう自分に言い聞かせて。この胸の悲しみが、寂しさが……少しだけ癒えるのを待って。

　ゆっくりと口を開いた。

「でもやっぱり……もう一度、孝士に会いたい」


　三人で横川駅に戻って、広島駅の新幹線口へ。私たちは片道四時間ほどかけて、東京の孝士の実家へと向かった。

　品川《しながわ》駅から電車を乗り継いで行った、やや郊外のマンションに、孝士が最後の二週間を過ごした部屋があった。

「よく来てくれたね。上がっていきなさい」

出迎えてくれたのは、孝士のお父さんだった。田島くんは何度かここを訪れていたらしく、面識があるようだ。

「……お邪魔します」

田島くんと自由ちゃんに続いて、私が一礼をすると、お父さんは「……君が」と固まった。

その様子を見て、私はすぐに玄関先に膝をつこうとした。謝らなくちゃ。彼がこんなことになったのも、全部私のせいだから……。

「ありがとう」

しかしお父さんは、そう言って私に微笑んでくれた。

「え？」

「孝士のやつ、最期までずっと言っていたよ。君に会えて良かったたって。人生最後の恋は、人生最高の恋だったたって」

「でも……」

戸惑う私を、お父さんは彼が過ごしていた部屋と、奥の仏壇に案内してくれた。

「わー。そのままにしてあるんですね」

自由ちゃんは、孝士の部屋にあるものをまじまじと見つめる。

壁にはカレンダーと、机の上にはデジタル時計。小説が数冊。趣味が全開という風でもなく。孝士らしい、殺風景な部屋だ。

仏壇には、花が供えてあった。みんなで手を合わせて、孝士に声を掛ける。

ごめんね。せっかく私の為にいろいろと準備してくれていたみたいなのに。結局、来ちゃったよ。

目を開ける。ふと、仏壇の隅に手紙が置いてあるのを見つけた。

「……これは?」

後ろで見守っていたお父さんが、手紙を手に取って渡してくれた。

「……見てもいいんですか?」

「ああ、もちろん」

不器用に折られたその便箋を少しずつ開いていくと、少し読みにくいけど、力強くて、一生懸命に書かれた字が、そこには綴られていた。

電車のお兄さんへ

六年前、電車の中で倒れた僕を、助けてくれてありがとうございました。

今はとても元気です。毎日学校へ行ってクラスのみんなと勉強したり、サッカーをして遊んだりしています。

これも、お兄さんのおかげです。お兄さんがあのとき助けてくれなかったら、こんなに楽しい日々が送れていなかったって思うと、感謝の気持ちでいっぱいです。

でも、楽しいことばかりじゃありません。先生に怒られたり、友達とケンカしたり、嫌なことを言ってくる人がいたりします。正直、学校へ行くのが辛い日もあります。

そんなときは、お兄さんのことを思い出します。お兄さんが人を助けるために頑張って勉強して、僕を助けてくれたんだって、お兄さんのお父さんが教えてくれました。

だったら僕も、頑張らなくちゃって思います。頑張って努力して、お兄さんみたいになりたいです。そのために、嫌なことも乗り越えて、たくさん勉強して、僕も人を助けられる人間になりたいと思いました。

今、僕には夢があります。それは、救命士になることです。

本当はお兄さんに会って、そのことを伝えたかったけど……僕がお兄さんみたいになれるように頑張っているところを、見守っていてくれるとうれしいです。そしていつか救命士になれたら、お兄さんの分までたくさんの人の命を助けたいです。

優しいお兄さんへ。

「つい先週、お母さんと一緒に会いに来てくれたんです」

お父さんが、そう教えてくれた。生きている間に会えなかったのを、とても残念そうにしていた――と。

「孝士のやつ。結果的にたくさんの人の命を救うことになりそうじゃないか」

田島くんがそう呟くと、自由ちゃんが「確かに」と微笑む。

私は安心した。

彼が生きた証は、この世から決して消えることはない。

力強く生きて、生を全うしたのだと。

彼らしく生きたのだと。そう思えたから。

男の子の手紙をお父さんに返して、私は仏壇の前で、もう一度孝士に向かって声を掛けた。

楽しかったよ。できればもっと、仲良くなりたかったかもしれない。

お互いの嫌なところが見えて、喧嘩したり。

それを乗り越えて。お父さんとお母さんみたいに、恋がなくてもお互いを大切にする仲になって。

でも、そんなことを言ってもきりがないよ。できなかったことへの未練は、これからずっと抱えて生きていくんだと思う。

この恋が、君を殺すまで。何も知らなかった私のことを、私は許せないはず。

でもこの恋は——君が命を賭して、成し遂げた恋だ。だから私は、どれだけ時間が経っても、寂しくても、辛くても……この恋を忘れないし、忘れようと努力もしないよ。

でもいつか、君に言うつもりです。

さようなら——と。

そのときは、私が変わったときだ。この世界は、変わり続けていくから。私もこの世界の一部だから。

変わらないのは、この恋と、君と。あの宮島の夕べに、たった一日だけ……恋人であること許された私たちがいたこと。

「恋をしてみたいと思った。人生最初で最後の恋を、好きな人とともに」

彼の声が、私の中で再生される。

思い出して、胸が熱くなる。

嬉しかったな……それなのに、ごめん。

もうすぐ笑顔になるから、と。あと少しだけ、私は泣いた。

本書は書き下ろしです。

この恋《こい》が君《きみ》を殺《ころ》すまで

高梨《たかなし》愉《ゆ》人《じん》

2024年7月5日初版発行

発行者……加藤裕樹
発行所……株式会社ポプラ社
〒141-8210 東京都品川区西五反田3-5-8
JR目黒MARCビル12階

フォーマットデザイン　荻窪裕司(design clopper)
組版・校閲　株式会社鷗来堂
印刷・製本　中央精版印刷株式会社

ポプラ文庫ピュアフル

ホームページ　www.poplar.co.jp

N.D.C.913/282p/15cm
ISBN978-4-591-18227-7
P8111381

ポプラ文庫ピュアフルの好評既刊

最期に「夫婦」を知るため、ふたりは手を取り合う。
落涙必至の期限付き疑似夫婦生活。

高梨愉人
『余命一年、夫婦始めます』

装画：前田ミック

仕事一辺倒に生きてきた瀬川拓海は、ある日、突然の余命宣告を受ける。失意の中、通院時に偶然知り合ったのは、天真爛漫な女性・葵だった。拓海と同様、余命いくばくもないという葵は「死ぬ前に結婚を経験してみたい」という突拍子もない理由で、拓海に同棲の話を持ちかける。ふたりは夫婦として叶えたい6つの目標を作成し、残された1年で疑似夫婦生活をスタートすることに…？

シリーズ50万部突破のヒット作!!
切なくて儚い、『期限付きの恋』。

森田碧
『余命一年と宣告された僕が、余命半年の君と出会った話』

装画：飴村

高1の冬、早坂秋人は心臓病を患い、余命宣告を受ける。絶望の中、秋人は通院先に入院している桜井春奈と出会う。春奈もまた、重い病気で残りわずかの命だった。秋人は自分の病気のことを隠して彼女と話すようになり、死ぬのが怖くないと言う春奈に興味を持つ。自分はまだ恋をしてもいいのだろうか？　自問しながら過ぎる日々に変化が訪れて……。淡々と描かれるふたりの日常に、儚い美しさと優しさを感じる、究極の純愛。

僕らの恋にはタイムリミットがある。
衝撃のラストに涙が止まらない!!

優衣羽
『僕と君の365日』

装画：爽々

毎日を無難に過ごしていた僕、新藤蒼也は、進学クラスから自ら希望して落ちてきた美少女・立波緋奈と隣の席になる。が、その矢先「無彩病」――色彩が失われ、やがて死に至る病になったと知り、自暴自棄になってしまう。すると緋奈は「あなたが死ぬまで彼女になってあげる」と言ってきて……。僕と君の契約のような365日間の恋が始まった。衝撃のラスト、驚きと切なさがあなたを襲う！心が震える、最高のラブストーリー!!

ポプラ文庫ピュアフルの好評既刊

シリーズ累計28万部突破!!
一気読み必至！　著者渾身の傑作。

いぬじゅん
『この冬、いなくなる君へ』

装画：Tamaki

文具会社で働く24歳の井久田菜摘は仕事もプライベートも充実せず、無気力になっていた。ある夜、ひとり会社で残業をしていると火事に巻き込まれ、意識を失ってしまう。はっと気づくと、篤生と名乗る謎の男が立っており、「この冬、君は死ぬ」と告げられて……？　ラストのどんでん返しに衝撃と驚愕が待ち受ける、究極の感動作！　著者・いぬじゅんの累計28万部突破の大人気「冬」シリーズ、1作目。